谈歌小传

谈歌，本名谭同占，河北省完县（今河北省顺平县）人。1954年出生于位于张家口的龙烟铁矿（今宣化钢铁集团前身），并在此完成从小学到中学的教育历程。他长期在此生活，自然对这儿的环境、人事及其关系异常熟悉，这为他后来的文学创作打下了坚实的基础。

每一位作家的早年经历对其文学创作都会产生重大影响。对谈歌而言，青少年时代在矿区度过，20世纪70年代初参加工作，且从最底层的工种干起，并一步步走到管理岗位上——他从事过众多工种，更换过很多职业、职务，不但当过锅炉工、维修工、车间主任，还当过地质队队长、副经理和经理——其在基层一线的工作经历为其后来的写作积累了丰富的素材和宝贵的人生经验，因此谈歌写了很多矿区、厂区生活的小说。

谈歌不但长期在基层工作过，还有丰富的从政经历。他后来被调往机关，或担任领导秘书，或作为宣传部干部，直到担任政府副市长等职务，其人生履历不可谓不丰富。最关键的是，作为直接参与者和领导者，他对20世纪90年代社会转型期内经济社会发展所遭遇的各种矛盾、阵痛自然也就再熟悉不过。这也为其从事现实主义小说创作提供了坚实支撑。

80年代，他曾就读于河北师范大学中文系，毕业后曾在《冶金报》《冶金地质报》任记者。在中文专业学习，后从事记者工作，这段经历对他来说更是非同寻常，从文学素养到经验视界，都是一个大大的提升。

谈歌自70年代末开始从事文学创作，且创作量惊人，迄今已发表中短篇小说千余篇，部分小说被译成日、法、英等多国文字。他的作品备受业界和读者欢迎，曾获《当代》《北京文学》《十月》《人民文学》《百花》《小说选刊》《小说月报》等各类期刊奖。中篇小说《年底》《大厂》曾先后获得河北省第五届、第六届文艺振兴奖。他的很多作品还被改编成影视剧。1996年加入中国作家协会，现任河北省作家协会副主席。

百年中篇小说名家经典

BAINIAN ZHONGPIAN XIAOSHUO MINGJIA JINGDIAN

谈歌 著

DA
大厂
CHANG

总主编 何向阳

本册主编 吴义勤

河南文艺出版社
·郑州·

一种文体
与一百年的民族记忆

何向阳 （丛书总主编）

自 20 世纪初,确切地说,自 1918 年 4 月以鲁迅《狂人日记》为标志的第一部白话小说的诞生伊始,新文学迄今已走过了百年的历史。百年的历史相对于古老的中国而言算不上悠久,但 20 世纪初到 21 世纪初这个一百年的文化思想的变化却是翻天覆地的,而记载这翻天覆地之巨变的,文学功莫大焉。作为一个民族的情感、思想、心灵的记录,从小处说起的小说,可能比之任何别的文体,或者其他样式的主观叙述与历史追忆,都更真切真实。将这一百年的经典小说挑选出来,放在一起,或可看到一个民族的心性的发展,而那可能被时间与事件遮盖的深层的民族心灵的密码,在这样一种系统的阅读中,也会清晰地得到揭示。

所需的仍是那份耐心。如鲁迅在近百年前对阿Q的抽丝剥茧,萧红对生死场的深观内视,这样的作家的耐心,成就了我们今天的回顾与判断,使我们——作为这一古老民族的每一个个体,都能找到那个线头,并警觉于我们的某种性格缺陷,同时也不忘我们的辉煌的来路和伟大的祖先。

来路是如此重要,以至小说除了是个人技艺的展示之外,更大一部分是它对社会人众的灵魂的素描,如果没有鲁迅,仍在阿Q精神中生活也不同程度带有阿Q相的我们,可能会失去或推迟认识自己的另一面的机会,当然,如果没有鲁迅之后的一代代作家对人的观察和省思,我们生活其中而不自知的日子也许更少苦恼但终是离麻木更近,是这些作家把先知的写下来给我们看,提示我们这是一种人生,但也还有另一种人生,不一样的,可以去尝试,可以去追寻,这是小说更重要的功能,是文学家个人通过文字传达、建构并最终必然参与到的民族思想再造的部分。

我们从这优秀者中先选取百位。他们的目光是不同的,但都是独特的。一百年,一百位作家,每位作家出版一部代表作品。百人百部百年,是今天的我们对于百年前开始的新文化运动的一份特别的纪念。

而之所以选取中篇小说这样一种文体,也是出于这个原因。

中篇小说,只是一种称谓,其篇幅介于长篇小说和短篇小说之间,长篇的体积更大,短篇好似又不足以支撑,而介于两者之间的中篇小说兼具长篇的社会学容量与短篇的技艺表达,虽然这种文体的命名只是在20世纪的七八十年代才明确出现,但三四十年间发展迅速,其中的优秀作品在不同时期或年份涵盖长、短篇而代表了小说甚至文学的高峰,比如路遥的《人生》、张承志的《北方的河》、莫言的《透明的红萝卜》、韩少功的《爸爸爸》、王安忆的《小鲍庄》、铁凝的《永远有多远》等等,不胜枚举。我曾在一篇言及年度小说的序文中讲到一个观点,小说是留给后来者的"考古学",

它面对的不是土层和古物，但发掘的工作更加艰巨，因为它面对的是一个民族的精神最深层的奥秘，作家这个田野考察者，交给我们的他的个人的报告，不啻是一份份关于民族心灵潜行的记录，而有一天，把这些"报告"收集起来的我们会发现，它是一份长长的报告，在报告的封面上应写着"一个民族的精神考古"。

一百年在人类历史上不过白驹过隙，何况是刚刚挣得名分的中篇小说文体——国际通用的是小说只有长、短篇之分，并无中篇的命名，而新文化运动伊始直至70年代早期，中篇小说的概念一直未得到强化，需要说明的是，这给我们今天的编选带来了困难，所以在新文学的现代部分以及当代部分的前半段，我们选取了篇幅较短篇稍长又不足长篇的小说，譬如鲁迅的《祝福》《孤独者》，它们的篇幅长度虽不及《阿Q正传》，但较之鲁迅自己的其他小说已是长的了。其他的现代时期作家的小说选取同理。所以在编选中我也曾想，命名"中篇小说名家经典"是否足以囊括，或者不如叫作"百年百人百部小说"，但如此称谓又是对短篇小说的掩埋和对长篇小说的漠视，还是点出

"中篇"为好。命名之事，本是予实之名，世间之事，也是先有实后有名，文学亦然。较之它所提供的人性含量而言，对之命名得是否妥帖则已显得不那么重要了。

值此新文化运动一百年之际，向这一百年来通过文学的表达探索民族深层精神的中国作家们致敬。因有你们的记述，这一百年留下的痕迹会有所不同。

感谢河南文艺出版社，感谢编辑们的敬业和坚持。在出版业不免受利益驱动的今天，他们的眼光和气魄有所不同。

2017 年 5 月 29 日　郑州

目录

　　早上一上班，厂长吕建国就觉得机关这帮人都跟得了鸡瘟似的，这年过得好像还没缓过劲来呢，就恨恨地想，今年一定要精简机关。在走廊里，工会主席王超见面就跟吕建国诉苦说：厂里好几个重病号都住不了院怎么办？吕厂长您得想法弄点钱啊。吕建国含含糊糊地乱点着头说，行行，就往办公室走，心里直骂娘：我他妈的去哪儿偷钱啊？

　　进了办公室，吕建国发现窗子没关，早春的寒风呼呼往屋里灌着，窗台上的那两盆月季花都被打蔫了。吕建国忙着关上窗子，才发现窗子的插栓坏了，就又忙着找铁丝想把窗子拧上。厂里越来越不景气，日子长长短短地瞎过着，已经两个月没开支了。前任许厂长让戴大盖帽的带走了，据说是弄走了厂里好几十万块钱，工人们恨得牙疼。吕建国上台一年多了，也没闹出什么起色来，春节前倒闹出来两件大事。

　　一件是厂办公室主任老郭陪着河南大客户郑主任嫖娼，让公安局抓了。今年郑主任要跟吕建国订一千多万的合同呢，所以吕建国叮嘱老郭，姓郑的要干什么，你就陪着他干什么，只要哄得王八蛋高兴，订了合同就行。 郑主任是个酒色之徒，那天喝多了，非要找"鸡"玩玩。 老郭傻乎乎的就真去找了两个"鸡"，也闹不清是正嫖着还是刚刚嫖完，公安就踹开门进来了。 要是乖乖地让人家逮走，关上几天，再罚点钱，也就没什么事了，偏偏那天老郭和姓郑的都喝多了，跟公安局的动手打起来了。 那个郑主任可能是练过几下子，还把两个警察给打坏了，一个给打成了乌鱼眼，一个给打得下巴脱了钩，还一个劲瞎嚷嚷哪里有压迫哪里就有反抗。 问题就严重了，人到现在还没放出来呢。 郭主任的老婆又哭又叫，天天到厂里来找，要求厂里快快把老郭保出来，老郭是为厂里工作去陪客的，是为厂里被捕的。 闹得吕建国乱藏乱躲，像个地下党。

第二件是厂里唯一的一辆高级轿车丢了。 前任许厂长买了不少高级轿车，吕建国一上台都卖了，就留下一辆车为了跑业务，怕被客户们瞧不起。 春节前，市里管计划生育的钟科长的儿子结婚，说要用车。 厂里管计划生育的老吴不敢得罪钟科长，就死乞白赖地跟吕建国求情，把车借出去了。谁知道开车的小梁那天接了亲就没回来，让人家留下喝酒，等喝完了酒，晕晕乎乎地出来，车就没了。

不光这两件窝心的事，还有那一大帮要账的，住在厂招待所里不走，嚷着要在沙家浜扎下去了。 这帮人吃饱了喝足了睡醒了打够了麻将，就到厂里乱喊乱叫，各办公室乱串着找吕建国要钱，有几个还在吕建国家门口盯梢，跟特务似的。吕建国实在藏不住了，就和党委书记贺玉梅在饭店请这帮爷吃了一顿。这帮爷一边吃一边骂，说：欠账不还是什么玩意儿啊？贺玉梅赔着笑说：我们已经撒出去大队人马要账了，一回来钱，马上还大家。吕建国也满脸堆着笑说：我姓吕的也是要脸的人，也不愿跟各位耍滚刀肉啊，实在是没钱啊。不瞒各位，我刚刚回来点钱，也得给工人们发工资啊。就快过节了，我要是一分钱不给职工发，我这个厂长还是人吗？求各位替我想想，我给各位磕头了。说着就四下作揖，揖着揖着就泪流满面了，弄得这帮人也说不出什么来了。山东的老刘苦笑道：吕厂长把话说到这个份上了，那就算球的了，我们先回去过年吧。于是，这帮爷们儿就忙着回家了。吕建国算是松了口气，也忙着没头没脑地过年。

吕建国年也没过好。大年初一，郭主任的老婆又找上门，进了门就号，吕建国急不得恼不得，连蒙带劝把她哄走了。大年初二，厂里的总工袁家杰来拜年，又说起他想调走的事情。袁家杰是吕建国的同学，现在是技术上的台柱子。吕建国好话说了一火车，袁家杰阴着一张脸也没说不走的话。吕建国心里起火，就一下子病了好几天，发高烧，厂卫生所还没药，说现在除了量量体温血压什么的，别的都不行。吕建国的老婆刘虹在电厂上班，慌着把电厂的医生请来，给吕建国打了几天针，才算好些了，可嗓子眼还是肿肿的。

好容易过了年，吕建国一上班，就把丢车的事交给秘书方大众办去了。 方大众有个同学在派出所，想求那个同学卖卖力气，快点把车找回来。 吕建国则去公安局说好话，先得把那位郑大爷弄出来再说啊。 本想拉着贺玉梅一块儿去，可是贺玉梅回老家看老娘了，吕建国只好自己去，可是去了几趟都让公安局的呛回来了，公安局的说：你还是厂长呢，这是什么性质的事情啊？ 你还有脸找？ 嫖娼不说，还敢打我们，不好好治治要造反了哩。 吕建国没办法，就又到处找关系。 昨天晚上，吕建国跑了好几家，可找谁谁都龇牙花子，都说不好办，吃了什么了？ 撑得敢打公安局的？ 弄得吕建国灰溜溜的。 昨天贺玉梅上班了，吕建国就让贺玉梅去找找梁局长，请梁局长找人把那两个混蛋弄出来。 吕建国最近跟梁局长关系挺紧张，有一次开厂党委会，吕建国说局里就知道天天开会，不干正事。 不知道这话让谁捅给了梁局长，还给歪曲了，说吕厂长说梁局长不干正事，梁局长见了吕建国就直翻白眼。 局里有跟吕建国不错的就告诉了吕建国，吕建国气得牙疼了好几天，可又不能跟梁局长解释，这种事越描越黑。 贺玉梅跟梁局长关系挺好。 贺玉梅是工农兵大学生，毕业后跟着当时还是科长的梁局长当科员。 后来梁局长当了局长，就把贺玉梅提拔起来当局团委书记，去年厂里换班子，她就来当了党委书记。

　　吕建国找了根铁丝，把窗子拧上。 屁股还没坐稳，财务科长冯志文就苦着一张刀条脸进来了，朝吕建国嚷嚷着：我这个科长不当了，厂长您另派别人吧。

吕建国笑道：你是不是过年吃多了，还没消化呢？ 乱叫唤什么？

冯科长骂道：赵明不肯交钱，说要钱没有要命一条，我去找他，他还想动手打人呢。 我这个财务科长成什么了？ 我不当了。

吕建国脸上就硬了：他不是说过了年就交钱的吗？ 说话是放屁呢？ 这事你别管了，我去找他。

冯科长苦笑：您去？ 怕是您也要不回来，他就听齐书记一人的。

吕建国说：我就不相信他赵明没钱。 对了，现在有回款的没有？

冯科长摇头叹气：也就回来仨瓜俩枣，现在谁还钱啊？ 节前撒出去十几个人，要回万把块钱来，还不够差旅费的呢。 这月的工资也还没影呢。

吕建国想了想：催催市里的几家，四海商行该咱们六十多万呢，弄回来够开工资的了。

冯科长摇头笑道：四海商行的赵志高是个地痞，怕是更不好要了。 我去了好几趟，连人影也见不到。 说完冯科长起身走了。

吕建国就给方大众打电话，想问问那车找得有没有眉目。 方大众不在。 吕建国想了想就给袁家杰拨电话，想找袁家杰谈谈。 他不想让袁家杰走，现在厂里的技术还真得靠老袁呢。 袁家杰办公室也没人，吕建国骂了一句就放了电话。 门一推，党委书记贺玉梅进来了，脸上血拉拉的好几道子。 吕建国吓了一跳：怎么，又干仗了？

贺玉梅叹口气，眼睛就红了：这日子没法过了。 就坐下闷闷地叹气。

贺玉梅两口子最近总干架。 爱人谢跃进原来在局里当办公室主任，前几年下海开了个公司，听说挺挣钱的。 谢跃进有了钱就不安分，贺玉梅管不了，两人总打架。 她是个挺要强的人，好几回想离婚算了，可又下不了狠心。 吕建国也做过工作，说你刚刚当了书记就闹离婚就不怕别人说你什么吗？ 贺玉梅活得真是挺难的。

吕建国叹口气，他想不出怎么劝贺玉梅。 班子里，他跟贺玉梅挺团结，纪委书记齐志远和赵副厂长几个都跟他尿不到一个壶里。 老齐和老赵原来都憋着要当书记当厂长的，恨吕建国抢了饭碗，总跟他弯弯绕。 贺玉梅家里又是这样一个情况，天天脑袋耷拉着，心不在焉。 吕建国就觉得自己挺孤立，就后悔不该当这个球厂长的。

吕建国就问：你去找梁局长了吗？ 他怎么说？ 能保出来吗？

贺玉梅苦笑：我昨天晚上找他了，他说给试试。 看样子他不想给使劲，谁让你说他坏话来着。

吕建国骂：就是老齐那家伙乱造谣，我什么时候说过那种话？

贺玉梅笑道：反正你是洗不清了。 你这两天找公安局怎么样?

吕建国叹道：一下半下不好说的，那两个公安局的躺在医院不出来，医院的偷偷告诉我，两人都不在医院睡觉，早就好了，每天到医院去一趟就是乱开药，什么鳖精啊太阳神啊的乱开一气。昨天又交给我两千多块的药条子，让报销呢。

贺玉梅恨道：真黑啊。

吕建国皱眉道：先不说这个了。老袁找你了吗？他坚持要走，得想办法留下他啊。

贺玉梅苦笑：你留不下他。换我也走，我听说那家乡镇企业一月给他两千块，还不算奖金。现在咱们厂都快开不出支了，有点本事的都想往外蹦呢，袁家杰这算是开了个头啊。

吕建国叹了口气：我想再找他谈谈。

贺玉梅摇头说：谈也没用，别看你俩是老同学，关系又铁，现在这社会都认钱了。

两人就闷闷的，觉得没什么话说了，都感到挺压抑。

贺玉梅站起身：我去车间看看。三车间那点活挺吃紧呢，别误了工期啊！

吕建国想起赵明的事，就说：刚刚老冯来了，说赵明欠承包款不给，还骂人，这事真是难办了。我想终止这小子的合同，你看呢？

贺玉梅想了想：还是跟他谈谈，咱们得关着点他姐夫的面子啊，总是常常用人家，慎重点的好。

吕建国皱眉道：可这小子也太给鼻子上脸了。我去找他谈谈，他要是硬不交钱，就停了他算了。有的是人想承包呢。不然工人们还觉得咱们吃了他多少黑心钱呢。

贺玉梅笑笑：那你可得注点意，那小子是个二百五。说完就走了。

吕建国心说：你贺玉梅是不是激我啊，你以为我怕他赵明啊。操蛋的，我偏找他试试。他抬起屁股就要去找赵明，桌上的电话急急地响起来了。

电话是妻子刘虹打来的。刘虹说：咱们村的志河来了，想弄点废钢材，你就给他弄点吧，也算咱们老三届支援贫困地区了。

吕建国苦笑道：你说得容易！我倒是有啊？志河是当年吕建国和妻子下乡那个村的团支部书记，这几年在村里开工厂，闹腾得挺欢实。每年都给吕建国送土特产，什么地瓜干儿啦玉米糁儿啦小米啦绿豆啦，吕建国就有点烦了，集贸市场有的是，还送这干什么啊，还得知他们的人情，这老乡们是越来越精了。

刘虹不高兴道：我就不相信你办不了这事！刘虹要面子，当年的老乡们一找她她就帮人家。

吕建国想了想：他要多少？我这儿可也不好过呢，还到处找米下锅呢。

刘虹笑道：他要的不多，看把你吓的。你回来一下吧，跟志河坐坐。咱们找个饭馆吃点得了。

吕建国为难地说：我真是脱不开身啊，现在我正找人忙着往回弄车呢。

刘虹笑道：找回来也没有你一个车轱辘啊，志河可是等着你呢。

吕建国恨不得给妻子磕头了：你就替我解释解释吧。我真是脱不开身啊。

刘虹无奈地说：那我先陪志河喝着吧，你要是有空就来一趟。就放了电话。吕建国就拔脚去找赵明了。

这几年厂里效益不好，在厂门口盖了一个饭馆。原想着来了业务在那儿招待，方便，也比在街上吃便宜。盖好了就让销售科承包了。谁知道，饭馆弄得不像样子，价钱还挺宰人。厂里再来了客人，还是得到市里的饭店去吃，饭馆就冷清了。前年，销售科就又把饭馆转包给了赵明。赵明是个滚刀肉，厂里没人敢惹他。前年的承包费就没交，说是赔了。前任许厂长屁也没敢放一个，就算拉倒了。去年吕厂长上台，就重新找人承包，可是赵明把价钱抬得高高的，几个想承包的都吓跑了，于是还是给赵明承包了，讲好每年向厂里交十万块钱。春节前，赵明赖着说没钱，过了年一定给，这又不给了。吕建国心里蹿火，就准备亲自去找赵明谈谈。

吕建国走到厂门口，突然又停下了，他想自己去找赵明要是谈崩了怎么办，那小子仗着他姐夫是市委常委，谁的账也不买。这年头反正有点背景的，都鸡巴硬硬的。吕建国就多了个心眼，在门卫给保卫科打电话，保卫科有人接了电话，听出是吕建国，就忙说：我给您找徐科长啊。吕建国听见电话里边吵吵嚷嚷的，心里就烦。这些日子厂里总丢东西，年前四车间还丢了一台电机，保卫科长老徐从各车间抽调上来十几个人，夜里乱转，徐科长的两眼熬成了猴屁股，也没逮住谁。可东西还总是丢。

等了一会儿，徐科长接了电话。吕建国说：你来一趟。就低声说了去赵明饭馆的事情。老徐笑道：行，我就来，这小子欠钱不给，还挺牛的。厂长，这事你是该出马了。

贺玉梅进了三车间，见工人们正在扎堆说什么呢，就笑道：上班扎堆聊天，小心我扣你们的工资啊。工人们就哄地笑起来，有人说：贺书记，您扣什么啊？都两个月不开支了。说着就散了。

车间主任乔亮说：贺书记啊，您来得正好，您看这事怎么办啊？章荣师傅病了，他儿子刚刚找来了，跟我大吵了一通，说厂里卸磨杀驴，他爸爸干不动了，也没人管了。还骂骂叽叽的，讲了些不三不四的话。要不是看在章师傅面上，我真想揍他。

贺玉梅问：章师傅怎么了？

乔亮苦笑道：还是他那老病。去年老汉有两千多块钱的药条子没报销，不是厂里没钱嘛！ 这回老汉说什么也不去住院了。

贺玉梅就心里乱乱的。 章荣是厂里的老劳模，还出席过全国的劳模大会，也是市里的知名人物了，现在弄得药费都报不了。 这事传出去，让人家怎么看啊！ 贺玉梅硬硬地说了一句：你到章师傅家把那药条子要来，我去找吕厂长签字，报销。

乔亮苦笑：厂里不是没钱吗？

贺玉梅说：有钱没钱也得给章师傅治病。 他那些年没日没夜地干，累了一身的病，老了老了，连病也看不了，日后谁还干活啊！ 我听说财务刚刚进了一万多块钱的回款。

乔亮看看贺玉梅，眼睛就潮了：贺书记，我不是当面奉承您，您这话叫话。 现在真是没人好好干活。 您知道，现在连工人阶级都不叫了，叫什么？ 叫工薪阶层。 厂长不叫厂长，叫老板。 真是操他妈的，都成了打工的跟资本家的关系了，还有鸡巴什么主人翁责任感？ 工人们都骂，说办公室老郭带人去（卡拉）OK，还嫖，给抓起来了。 厂里用的这叫什么鸟人？

贺玉梅不耐烦道：行了行了，别乱说了，你那嘴整天没个准头。 那个姓郑的想嫖，老郭不带着去行吗？ 咱们指着人家的合同呢。 这个月的活能按时完成吗？

乔亮苦笑道：看看吧，我也吃不准，现在大家都憋着要工资呢，没钱大家不愿干。 这半年多，我可是让人骂着过来的啊。

贺玉梅笑道：少哭穷，你上个月卖废铁的钱都哪儿去了？ 听说你卖了好几千呢。

乔亮吓了一跳，心说这车间里有汉奸呢，嘴上却叫：冤死了。 好几千？ 我偷去啊？

贺玉梅笑道：你急什么？ 我又没说没收你的。 反正你能让工人干活，我就不管你。

乔亮笑道，您真是个开明领导，不像吕厂长天天黑着个脸。

贺玉梅笑说：你小子当着我骂吕厂长，当着吕厂长骂我。 迟早我和吕厂长得当面对质。 你忙不忙？ 要是不忙，跟我去看看章师傅。

两人就骑着自行车出了厂，到了街上，进了一家食品店，买了几听罐头两袋奶粉出来。 刚刚上了车，贺玉梅就听到有个女的喊她，回头一看，就跳下车来，笑了：袁雪雪，你打扮这么漂亮干什么啊？

袁雪雪穿得挺洋气，骑着一辆大摩托车，赶过来就停住，笑道：老远看着就像你们。 袁雪雪是袁家杰的妹妹，原来是厂里的车工，嫌累，前几年辞了职，跟男人去开饭馆了。 听人说她钱都挣海了，还花了几十万买了一套商品房呢，有人去过，说里边装修得跟宫殿似的。

袁雪雪看看乔亮手里提的东西，问：你们这是去哪儿破坏党风啊？

乔亮笑说：章荣师傅病了，我们去看看他。

袁雪雪皱眉道：我听说他病得挺厉害的。 就掏出一百块钱说：你替我给章师傅吧。

贺玉梅忙说：我可不给你带这个，要去你自己去吧。

袁雪雪就笑：怎么，还怕我脏了谁啊？ 就骑上摩托车嘟嘟地跑了。

贺玉梅看着袁雪雪的背影，就苦笑道：袁总一肚子学问也赶不上他的这个小学没毕业的妹妹啊。

乔亮笑道：现在谁出去干都比在厂里傻干强。 要不袁总也要走呢。

贺玉梅看看乔亮：你也听说袁总要走的事情了？

乔亮笑道：这种事还能瞒住谁啊？ 厂里都嚷嚷开了。

吕建国和徐科长去了赵明的饭馆。 进了门，没几个人吃饭，可能是刚刚过了年的原因。 两个打扮得花大姐似的服务员正跟一个大胡子男人乱逗呢。 那个大胡子吕建国认识，是赵明的一个哥们儿，姓蔡，市委秘书长的外甥。

蔡大胡子起身笑道：吕厂长啊，哟，徐科长也来了。 有饭局？

吕建国问：赵明呢？

蔡大胡子笑道：赵老板两天没来了，有事跟我说一声吧。

吕建国说：他去年的承包费还没交呢。 什么时候交啊？

蔡大胡子笑道：这事啊，不瞒您说，现在真是没钱。

吕建国冷笑一声：没钱？鬼才相信。你告诉赵明，不交钱，厂里就把这饭馆封了。

蔡大胡子脸上就硬了，恶笑道：吕厂长，你也太凶了点吧。

吕建国火往上撞：凶？我今天就是要凶一凶了。我要是让你们坑厂里，我这个厂长就不是厂长了。老徐，把门给他们封了。

雅间的门就开了，赵明走出来笑道：吕厂长，有话慢慢讲嘛。

吕建国看了他一眼：你好容易露头了。什么时候交钱啊？

赵明嘿嘿笑道：烦不烦啊？不就是那点破钱嘛，都催了几回了？我不是不想交，可眼下真是没钱。这事我已经跟齐书记讲过了。齐书记也答应了。

吕建国一愣，没想到赵明把球踢到齐志远那里去了。

赵明一脸不耐烦：吕厂长，都是公家的事，您真是何必呢？

吕建国道：那好，我跟齐书记核实一下再找你。老徐，咱们走。就转身出来了。

走出好远，老徐苦笑道：厂长，就这么算了？

吕建国眼一瞪：算了？我先看看老齐是怎么乱答应的！就大步走了。

吕建国去了齐志远的办公室，齐志远不在，在走廊里迎面碰到了袁家杰。吕建国笑道：我一上班就找你，去哪儿了？

袁家杰皱眉说：我去四车间了，我想走之前把这批活弄完。

吕建国笑道：谁说同意你走了。真事似的。

袁家杰不笑：厂里真要是不同意，那我就辞职。

吕建国怔住，呆了呆，就问道：你真是铁心了？

袁家杰看吕建国一脸凄楚，就叹了口气，动情地说：建国，你跟我一块儿走吧。这个破厂有什么待头啊？你这个破官有什么当头啊？

吕建国摇摇头，空空地一笑：家杰，我可真不是舍不得这个破官。说实话，自上台那天起，我就后悔得肠子都疼了。我是没脸走，厂里现在这种样子，两千多工人还指着咱们这几块破云彩下雨呢。我现在走了，我算怎么回事啊？就算是今后发了大财，我也没脸见大伙儿了。

袁家杰一愣，冷笑一声：你是说我吧？就生气地转身走了。

吕建国愣愣地看着袁家杰的背影，一时想不出自己哪句话说错了，苦苦一笑，转身回到自己的办公室。

刚坐下，门一开，齐志远笑嘻嘻进来了。吕建国忙说：我正找你呢。

齐志远一屁股坐在沙发上，笑道：找赵明了吧。我刚听老徐说了。

吕建国看了齐志远一眼：我正要问你呢，你答应赵明不交钱了？

齐志远笑道：我是他什么人啊，我替他担保？没有的事。

吕建国说：那我今天就停了这小子，把门给他关了。

齐志远忙说：厂长，咱们不能跟他来硬的啊，他姐夫是市委常委，咱们惹不起啊。

吕建国看看齐志远：老齐，咱们都穷成这样了，还怕什么常委不常委的？这十万块钱，够全厂发奖金的了。我去告诉赵明，他要是两天之内不把钱交来，就叫他滚蛋。

齐书记脸一红：你别火，我去跟他说说，也许这小子手里是真没钱。

吕建国说：他爱有钱没钱，没钱就去给我借，反正得交。

从章师傅家里出来，已经快中午了。贺玉梅和乔亮半道上分了手，在小饭馆吃了饭，她就去了谢跃进的公司。这几天谢跃进真是给鼻子上脸，有时半夜也有女人往家里打电话，弄得贺玉梅心里起火。昨天晚上两个人吵起来，还动了手。她知道谢跃进的公司里有一个叫方晶的女孩，最近跟谢跃进打得火热，整天黏黏糊糊的。贺玉梅决定去公司看看，顺便问问妹妹贺芳。

贺玉梅想来个突然袭击，轻手轻脚进了谢跃进的办公室，谢跃进正躺在沙发上打呼噜，嘴角还淌着口水，挺难看的睡相。脑门上两道子伤痕，那是昨天晚上让贺玉梅抓的。贺玉梅正要悄悄出去，就听到有人在她背后笑道：姐，你来了。

贺玉梅回头一看，是妹妹贺芳。贺芳手里拿着一张电报，看看躺在沙发上的谢跃进，就把电报放在了谢跃进的办公桌上，回头低声对贺玉梅说：有事啊？

贺玉梅就转身走出去，姐妹俩进了贺芳的办公室。贺芳前几年在农村干得不耐烦，就进城投奔姐姐，贺玉梅给她找了份临时工，又让她上夜大读书。她读完了夜大，就来姐夫这里当了公关部主任，天天打扮得花大姐似的，跟刚进城那会儿判若两人。贺玉梅常常感慨，这城市真是把贺芳同化了。

贺芳给贺玉梅冲了一杯热奶。贺玉梅笑道：我喝不了这东西，你还是给我冲杯茶吧。

贺芳笑道：你总是赶不上潮流，这东西美容。

贺玉梅接过贺芳递过的茶，呷了一口，笑道：你上次见过的那个怎么样啊？也不给个信儿，人家都等不及了啊。

贺芳笑道：我早就把他忘了。他长得什么样来着？我现在已经回忆不起来了。说着就咯咯地笑起来。

贺玉梅就不大高兴，都二十八岁了，见过的男人快一个排了，没有一个看上眼的，也不知道她心里憋着嫁给谁呢？她好像也不着急，真让人摸不透。刚刚进城几年，就比城里人还城里人啊。 为这事贺玉梅跟谢跃进说过好几回了，让他帮着贺芳找一个。 谢跃进答应得挺好，可就是没动静，对这个小姨子的终身大事似乎没放在心上。

贺芳问：你找谢总有什么事？

贺玉梅笑道：什么谢总谢总的，他是我男人。

贺芳脸一红，也笑了：我几乎都记不得你们是两口子了。

贺玉梅想问问谢跃进最近的情况，可是张不开口，这种事不好跟妹妹讲的。 可要是不问问，心里又放不下，就说：小芳，你姐夫是不是跟你们公司一个叫方晶的挺那个的啊？

贺芳一愣，就笑：挺哪个的啊？ 你说什么呢？

贺玉梅就皱眉道：你姐夫那人爱花花，你可替我盯着点啊。

贺芳脸一红，说：姐，让我说你什么好啊。 姐夫干的是生意，生意场上的事离得开吃喝玩乐吗？ 你真是的，那个方晶是什么层次啊，亏得你还能想到她身上去，真是抬举她了。

贺玉梅就笑：嗬，嗬，我这才说他几句，你这个当小姨子的就吃劲了。 不说了。 就站起身说：我今天是有事找他，明明的学习最近下降得厉害，学校找了我好几回了。 我想让他去学校一趟，跟老师说点好听的，哄哄人家。

贺芳就笑道：姐夫天天忙得恨不得长出四只手来，这事你还烦他啊！ 你自己去办办不就行了嘛。

贺芳送贺玉梅下了楼就回去了。 贺玉梅拐弯去了百货公司，想去给自己买一件风衣，上次她看中了一件，浅绿色的，一千三百块钱。 她想买，又怕穿出去让厂里人说闲话。最近她咬咬牙，还是想买下来。 谢跃进开的这个公司，也没见他怎么费劲，可钱就挣得流水似的了。 贺玉梅知道，实际上是市委的头头在后边撑着腰呢。 贺玉梅恨得不行，厂里的工人们死干活干，也挣不来多少，钱就都让谢跃进这些人挣去了，这世道可真是有点不讲理了啊。 谢跃进月月提回好些钱来，开始贺玉梅还挺高兴，后来就害怕了，她担心迟早谢跃进得让抓进去。

贺玉梅到了百货公司二楼，售货员说那种风衣早卖完了。 贺玉梅心想这年头有钱的还真是不少呢，就快快地出来。 走到存车的地方，刚刚把车子推出来，就听到有人喊她的名字。 她回头一看，就笑了。

吕建国中午在厂食堂吃了点，躲过了饭口。 他怕跟志河喝酒，那家伙太能喝，每次都得把吕建国灌醉。 吕建国不喝，志河就跟在自己家里一样理直气壮地不高兴，还使性子。 儿子吕强背后就骂，说农民都这样，你越对他客气，他就越上脸，就敢在你家地毯上大模大样地吐痰。 开始吕建国不爱听，可渐渐地也特别烦村里那帮乡亲，尤其烦志河。 进了家，浑身酒气的志河正躺在吕强的床上，四仰八叉地呼呼大睡，大脚片子朝着门，袜子也扒了，一股汗臭在屋里弥散。 吕强没在家，一定是躲出去了，大概又跟女朋友跳舞去了。 吕强大学没考上，小小年纪开始乱搞对象了，气得吕建国没话说。 刘虹还挺惯着吕强，两人就这么一个儿子。

桌上留着刘虹写的一张条子，说她有事到厂里去了。 吕建国看了就轻手轻脚地躺到沙发上，闭着眼想厂里的乱事。想着想着，脑袋就沉了起来，刚要睡着，就有人敲门。 他迷迷糊糊地应了一声，方大众就满头大汗地跑进来，笑道：厂长，车找到了。

吕建国马上精神了，压着嗓子问：真的？ 你这个同学还真办事。

方大众朝吕建国伸手：厂长，来根烟抽。 我的烟扔在派出所了。

吕建国忙打开抽屉，掏出一包红塔山，扔给方大众：奖给你了，快说说。

方大众低声说：妈的，就是结婚时来的那帮人中一个小子偷的，把车卖给下洼村了。 真他妈的胆大，把牌子换了就开出来了。 也该着，派出所的去调查的时候，那辆车就在村边停着呢。

吕建国说：现在怎么着呢？

方大众说：派出所让去看车呢。

吕建国急道：那你就去一趟吧！

方大众笑：那我就去一趟。 不过得请派出所的一顿吧，人家挺辛苦的。

　　吕建国说：行。你就看着办，也别太那个了，咱们是穷厂，工人们挣点钱血苦的，不容易。财务上也就一万多块钱，还是刚刚追回来的呢。

　　早春的太阳明晃晃的，可风还是挺寒的。吕建国一路上打了好几个喷嚏，就觉着今天又不顺。他这些日子挺迷信的，总觉得要出点什么倒霉的事。他昨天晚上在家里跟志河喝了一场，又差点被灌趴下。志河一身高档服装，要不是那口土话，真像个城里的大款。志河一个劲夸吕建国，说当年村里那些知青，就数吕建国有出息。吕建国听得挺受用，就迷迷糊糊地喝多了。志河就提出要十吨钢材，吕建国就醒了些，说这种事他一个人说了不算，得跟书记商量商量。志河就有点不高兴：你当厂长还说了不算啊。刘虹也在一旁说：建国你就给办办嘛！吕建国不好当着志河的面顶刘虹，就说：过两天我给你话吧。现在厂里有几件烂事，等我处理出个眉眼来。志河就取出一个大信封，厚厚的，往吕建国怀里塞，说是让吕建国买几包烟抽。吕建国酒就全醒了，忙说：咱们不闹这个，还不定办成办不成呢，要是来这个就成经济的事了。志河就尴尬地看刘虹，刘虹笑道：志河啊，建国可不是当年在乡下偷鸡的时候了，现在看不上这几个钱了。吕建国嘻嘻地笑，没说话，心里骂刘虹爱小便宜，自己干这个要是传扬出去，在厂里就没法待了。

　　吕建国早上起来，已经把志河的事扔到脖子后头了，上班的路上就想着今天要拉上贺玉梅去找梁局长。梁局长总不能不给贺玉梅点面子吧。局里的人都知道贺玉梅跟梁局长好得不行，闲话委实不少。梁局长的爱人跑到局里闹过好几回了，为这事，才把贺玉梅放下来当书记的。可跟贺玉梅相处了这一阵子，吕建国又觉得这个人挺正经的，不像传说的那样啊。

一进贺玉梅的办公室，就看到贺玉梅和工会主席王超正在说什么呢，吕建国笑道：说我坏话呢？

贺玉梅抬头看看吕建国，说：正好，要找你呢。四车间一个工人的女儿病了，想借点钱呢。

吕建国连连摇头：不借不借。不是规定了嘛，私人一律不借款。

贺玉梅道：这次特殊。老王，你跟厂长说。

王超就说四车间小魏的女儿得了白血病，要做手术，得好几万块钱。小魏女人的厂子没效益，小半年不开支了。小魏还是车间的生产骨干呢。吕建国听完就闷住了，呆呆地抽烟。

贺玉梅想了想说：老王，工会能不能救济救济啊，你们不是还有工会经费吗？

王超苦笑道：那才几个钱啊。下个月就是三八妇女节了，我正在发愁给女工们发点什么呢，还想让厂长赞助我点钱呢。

吕建国摇头叹道：厂里真是没钱啊！这可怎么办啊？

三个人谁也不说话了，空气中有一种让人压抑的味道在弥散着。吕建国看着窗台上，那几盆花实在是该浇水了，叶子都蔫蔫的，好像要枯萎的样子。

王超想了想说：算了，我先跟医院说说，先让孩子住院啊。现在医院没押金不收。我小姨子的婆婆在医院当副院长呢，我先找找她吧。

贺玉梅笑道：太好了，有这个关系你怎么不早说啊。你快去吧。

王超走了。贺玉梅叹了口气：厂长，你看这事该怎么办啊？

吕建国痛苦地摇摇头：玉梅，我最近好像傻乎乎的，什么事都没主意。眼瞅着……算了，先不说这事了。先说怎么把那姓郑的小子弄出来吧，我都愁死了。操他妈的！

贺玉梅苦笑道：你跟我乱骂有什么用嘛。

吕建国也笑了：我是急得不知道怎么好了。咱俩去找找梁局长吧，真得让他说话了。他认识人多，找找人把那混蛋放出来，哪怕破费点呢。我得罪了他，我去跟他说好话。

贺玉梅道：就怕梁局长不管这事。梁局长滑着呢，这种破事他躲还躲不及呢，他肯往泥里踩啊？

吕建国一瞪眼：他是主管领导，不管怕是说不过去吧。

贺玉梅摇头叹道：厂长，你真是实在。行，咱们去一趟。现在就去？

刚刚出门，徐科长急步走来了，喊着：吕厂长，贺书记。

　　贺玉梅问：什么事？

　　徐科长说：昨天晚上抓住了，四车间的，六个工人，年前那台电机也是他们偷的。

　　吕建国大怒：人呢？

　　徐科长骂：几个王八蛋都让我关在保卫科了。我让人接着审呢。

　　贺玉梅忙说：老徐，你可不能打人啊！把事情弄清楚再说。

　　徐科长说：厂长，您是不是去看看啊。开除他们算球了。

　　贺玉梅说：开除不开除，你说了不算。老徐，你接着问。我得跟吕厂长去找梁局长。有事呢。

　　梁局长正在开会，吕建国和贺玉梅就在办公室等着。等了一会儿，吕厂长不耐烦，就溜到会议室去扒着门缝听。就听到里边正嘻嘻哈哈地说笑话呢。梁局长有声有色地说他们家楼上的市委宣传部长老孙，天天给老婆按摩，按摩得他老婆性起就乱叫，就跟老孙复习夫妻功课，复习得老孙面黄肌瘦，天天跟犯了大烟瘾似的。众人就乱笑。吕建国听了半天，没一句正经的，就气嘟嘟地回来了，见贺玉梅正看报纸，也拿起一张报纸看，也不知道看的是什么。

　　过了一会儿，走廊里乱响。吕建国知道散会了，忙站起来。梁局长端着个大茶杯走进来，朝两人笑笑：这会开的，学《邓选》，学着学着就扯开了不正之风。乱七八糟的，也没学多少。你们喝水不？

贺玉梅忙笑道：不喝。您快坐吧。我们就是那点事，请您去帮着跑跑。您答应了我们马上就走。

梁局长苦笑道：这事情你让我怎么跟人家张嘴啊？

吕建国赔笑道：不管您怎么去讲，反正您得赶快把人帮我们弄出来，那小子手里有咱们一千多万合同呢，不能为这事泡了汤啊。

贺玉梅也说：是啊，局长，厂里今年还指望这一千多万活命呢。

梁局长皱眉道：嫖娼这事就够操蛋的了，还打警察。你们怎么让老郭干这种事啊，找个理由推了就得了嘛，打打麻将什么的，跳跳舞什么的，再不行去洗洗桑拿浴，也挺过瘾的嘛！说着，就嘿嘿地笑。

吕建国红着脸说：您现在说什么不是也晚了嘛。

梁局长叹道：你们总是找麻烦。我去试试，可不一定行。你也别抱太大希望。对了，那车有信儿了吗？

吕建国答道：派出所说有点眉目了，看看怎么办吧。就说了方大众的消息。

梁局长道：找到了就好，不过，这年头我有个经验，凡事太顺了，就不是什么好事了。不定还出什么妖事呢，你们也别高兴得太早了。

吕建国笑道：局长说得是。 心里骂，你盼着我们出事才高兴呢。

梁局长看看表，就站起身：就这样吧，我抽时间去公安局找找。 你们也别太指着我这块云彩下雨啊，这年头的事情真是不好办呢。 再说企业早就转换经营机制了，什么事局里也不管了，你们今后别再给局里找麻烦了。 边说边送贺玉梅和吕建国出来，他走在前边，吕建国眼角的余光看到梁局长好像在贺玉梅的腰上拧了一把。 贺书记脸上笑着没吭气。吕建国就想传说梁局长和贺玉梅有那种事一定是真的了。

从梁局长那里回来，一路上贺玉梅皱眉想着，突然说：老吕，我想起来了，找老齐啊，公安局陈副局长是他党校的同学呢。 我这脑子，真是乱了。

吕建国苦笑了：我早就知道，可是找老齐不如不找，他恨不得咱们出点事才好呢。 有些人你就别指着他给成事，他不给你坏事你就算是念佛了。

贺玉梅笑道：你这人就是太倔，把人想得太绝对。 我去跟他说。

吕建国笑道：你就去试试。

保卫科关着那六个偷铁的，吕建国老远就听见徐科长沙哑着嗓子乱吼乱喊：我操你们八辈祖宗！ 谁带的头，说！

六个人低着头，谁也不吭气。

说话啊！ 徐科长又炸雷似的吼了一声。 一个小个子站起来，沮丧地说：徐科长，反正事情犯了，您就看着处理吧，该怎么着就怎么着。

徐科长一把揪住小个子的脖领子，狠狠打了一个耳光：你他妈的还嘴硬。

小个子栽倒在墙角，血就流下来了。老徐怒气不息地冲过去，还要打。这时，吕建国进来了，伸手挡住老徐。

小个子就吼起来：姓徐的，老子犯了法有国家处理，也轮不着挨你小子的黑打。吕厂长，你都看到了吧。

吕建国骂道：怎么，你们不该打是怎么着？厂子穷兮兮的你们还鸡巴偷，偷谁啊？打得你们轻！

有人就低低地说：现在干活也没钱，总不能让人饿死吧。

吕建国冷笑：就你们怕饿死啊？全厂两千多人都不怕啊？你们看看你们自己那样子，送进公安局判个几年也不冤。

几个人就胆小了，领头的问：厂长，还真送啊，我们退赔还不行啊？

吕建国黑下脸来：先把东西弄回来再说。你们……

话没说完，门就开了，方大众探进头来，朝吕建国说：吕厂长，您出来一下。

吕建国吩咐徐科长：让他们每人都写交代材料，等候处理。转身就出来了，徐科长忙跟出来：厂长，怎么处理啊？开除吗？吕建国恨道：往哪儿开？都开到社会上去？他们找谁吃饭啊？ 吓唬吓唬算了。 徐科长笑笑，就进去了。

方大众正在门口等他，吕建国笑问：弄回来了吗？

方大众气呼呼地骂道：操他妈的，真不像话，车是找到了，可是开不回来。

吕建国纳闷道：你没带司机去啊？

方大众说：司机也没法，老百姓把车轱辘都卸了，还差点把咱们的人给打了。 人家说得也有道理，这车是他们花钱买的，他们不知道是偷来的啊。

吕建国皱眉道：派出所的怎么说？

方大众说：派出所也没办法，李所长跟我说，不行厂里就掏点钱，赎回来算了。 吕建国火了：赎？ 操蛋，我丢了东西还没理了？ 不赎，就跟公安局要，我就不相信，东西找着了还弄不回来。 跟派出所的去找他们县长。

正说得热闹，宣传部的叶莉一脸惊慌地跑来：厂长，您快去看看吧，四车间的一帮人在财务科乱砸呢。

吕建国急了：怎么回事？

叶莉皱眉道：听说是为小魏借款的事，冯科长说没钱，就吵了起来。 四车间就来了一帮人，说为什么有钱让姓郑的去嫖娼，工人的孩子有了病倒没钱了。 就动手打起来，把财务科砸了。

吕建国骂道：反了球的了，我看看去。 撒腿就跑。 方大众忙跟上去。

财务科真是乱套了。 几个工人把冯科长推搡到墙角，冯科长挨了几下子，头碰到桌子角上，血都冒出来了。 工人们开始乱砸，冯科长头上淌着血，嚷着：别乱来，别乱来啊。没人听他的，一会儿工夫，财务科已经一片狼藉。

吕建国赶到的时候，楼道里塞满了人，都是看热闹的。有人还起哄喊着：打啊。 吕建国气得心里直哆嗦，眼睛红红地吼了一声：都干活去！ 有什么好看的！

众人忙让开一条道，吕建国进了财务科。 就听到有人喊：厂长来了。

吕建国先把倒在墙角的冯科长拉起来，火冒冒地吼道：你们要造反啊？ 又对身后的方大众说：你先把老冯送卫生所去包一包。 方大众就架着冯科长去了。

工人们都不吭气了。 有人悄悄地从地上捡起账本放到桌上。

吕建国红着眼睛喊道：咱们都穷成这样了，你们还折腾？ 能折腾出钱来也行，我跟大家一块儿折腾！ 有事说事，这是干什么？ 谁带的头？ 站出来，有汉子做就有汉子当。

没有人吭气。

吕建国冷笑道：刚才的勇气都哪儿去了？ 砸了就是砸了，怕个球，站出来！

车间副主任于志强红着脸走出来：厂长，是我带的头，你别骂了。 该怎么办就怎么办吧，我就是恨有些当官的不能一视同仁。

吕建国看着于志强，就愣了，于志强平常给他的印象挺不错，小伙子干活肯卖力气，刚刚提了车间副主任。

吕建国黑了脸：于志强，你知道这是什么性质的问题吗？

于志强闷在那里。有人嚷嚷起来：这事不能怪于志强，是我们一块儿来的。

吕建国看着于志强：你要是相信厂里有钱，你要是相信我姓吕的看着小魏的孩子住院不肯掏钱，你就当着众人打我吕建国的耳光！

于志强被吕建国说愣了，呆住了。

吕建国看看大家，难受地说：我这个厂长没本事，你们想打我就打，想骂就骂，可别砸东西啊。咱们厂经不起折腾了。小魏的女儿得了白血病，你们以为我心里好受啊？我……可是……

吕建国声音就涩住了。他顿了顿：我说句没出息的话吧，现在大家指望不上厂里，咱们自己帮帮自己吧。于志强，你负责给小魏募点钱。说着，就从兜里乱七八糟地掏出一把钱来，几个钢镚蹦蹦跳跳地跑到桌子下面，吕建国弯腰捡起来，又把手表摘了，放到于志强手里，颤声说：志强，我就这些，算是带个头，大家也捐一点，就算厂里动员大家了。说着，就弯下腰去，深深给大家鞠了个躬。

屋里一片死静。吕建国转身出来，他听到有人哭了，呜呜的。

　　起风了，这个季节是个刮风的季节。浑浑黄黄的大风生猛地扬起来，烈烈地扑打着窗子。太阳软软的，像一个破了口的西红柿，鲜血般的汁液，在西天上弄得一片狼藉，一片零零乱乱的红。

　　贺玉梅今天决定继续跟踪谢跃进，看看他到底去哪儿。

　　那天他在百货公司门口碰到了贾小芹。贾小芹原来是局团委的干事，跟贺玉梅一起干了好几年，前年放下去当了副厂长。可那破厂子不行，一年多不开支了，厂子就放了长假，贾小芹找贺玉梅说了说，就去谢跃进的公司打工了。贾小芹告诉贺玉梅，公司现在有好几个女人整天缠着谢跃进，让贺玉梅小心些，现在这些女人可是不像咱们做姑娘的时候了，疯着呢。贺玉梅听了心里就更乱了。

　　今天谢跃进早上起来说：我中午不回家吃饭了，有客人。贺玉梅道：你最好天天有客人，我可省饭钱了。谢跃进苦笑道：我现在都吃怕了，真想天天回家吃点素的。贺玉梅心里好笑，就说：我们厂办主任老郭就跟你一样，天天陪客吃白食，还卖乖。什么吃得太痛苦了，好像让你们去受刑似的。谢跃进笑笑，提着包就下楼了，贺玉梅感觉谢跃进已经出了楼门，就给吕建国打了个电话，说家里有事晚去厂里一会儿。放下电话，就跟了出来。

　　太阳亮亮的，街上没有风，真是一个好天气，街道两边的柳树都悄悄地抽条了。 贺玉梅远远跟着谢跃进，拉开一百多步的距离，就看到谢跃进在路边招手喊住一辆出租车。 贺玉梅也忙喊住一辆出租车，上了车，司机是个大胡子，问道：小姐去哪儿？ 贺玉梅说：跟着前边那辆黄车。 大胡子看看贺玉梅，笑笑，就尾随着那辆黄车跑起来。

　　谢跃进进了一家酒店。 贺玉梅急忙下车跟进去。 大胡子在后边喊她，她才记起没付钱呢，忙掏出一张五十元的票子让大胡子找。 大胡子磨磨蹭蹭地找钱，贺玉梅急道：快点啊师傅。 等大胡子找完了钱，贺玉梅已经看不到谢跃进的影子了，就在酒店里乱转着，转得眼花缭乱，觉得酒店就像一个装满了各种杂物的衣兜，谢跃进被装进去，就很难一把再掏出来。 一个服务小姐走过来，朝贺玉梅笑道：您好。 找人吗？

　　贺玉梅忙笑道：请问东方公司的谢跃进经理在哪儿？

　　服务小姐笑笑：请跟我来。 就款款地走进了一个雅间。贺玉梅跟进去一看，一个二十多岁的女人正搂着谢跃进的脖子喝交杯酒呢。 贺玉梅气得声音都颤了，怒喝一声：谢跃进！

　　谢跃进猛地回过头来，惊讶地张大了嘴：你怎么来了？

　　贺玉梅嘿嘿冷笑道：我怎么就不能来啊？ 就看看那个女人，那女人嘴唇抹得刺眼红，满不在乎地看着贺玉梅。 一桌人也都呆呆地看着贺玉梅。

　　贺玉梅恶笑道：谢跃进，我搅了你的兴致了吧。 你跟这种臭女人在一起也不怕招上点什么病啊？

那位小姐拉下脸问谢跃进：谢总，这人是干什么的？

贺玉梅骂道：滚一边去，你他妈的算干什么的？

谢跃进气得浑身哆嗦，他吼道：贺玉梅，你还像个有知识的人吗？我这里谈业务呢，你……

贺玉梅嘿嘿笑道：谈业务？我今天就让你业务业务。一伸手，把桌子掀了，响起一片瓶子盘子的碎裂声。满桌子的人都慌得四下散开，谢跃进气急败坏地过来跟贺玉梅抓挠在了一起。人们都傻傻地看着两个人打，这时慌慌地进来一个白胖白胖的男人，使劲把贺玉梅拉开了。贺玉梅认识这个白胖子，这人是这家酒店的老板，姓马，去过贺玉梅家。马老板气喘喘地赔着笑：贺小姐，贺小姐，消消气啊。

贺玉梅冷眼看了一眼马老板：你刚刚叫我什么，小姐？这年头婊子才叫小姐呢。转身就走。

下午一上班，吕建国先去了贺玉梅的办公室。进门就说：玉梅啊，你昨天不是说老齐公安局有熟人吗？咱们去求求他吧。他突然发现贺玉梅脸黄黄的，惊问道：你脸色怎么这么难看啊？病了？

贺玉梅强笑道：没事。

吕建国问：是不是又跟老谢生气了？

贺玉梅笑道：像你这样天天咒我，没事也让你咒出事来了。

吕建国笑了：没事就好。怎么样？咱们是不是去求求老齐啊？

贺玉梅说：就怕他不办事，还看热闹。

吕建国叹道：试试吧。

贺玉梅站起身，突然又想起什么，就开了抽屉，拿出一个纸包递给吕建国。吕建国问：什么啊？

贺玉梅说：这是一万块钱，我放着也没用，谢跃进能挣，就捐给小魏的孩子看病吧。你别说是我捐的，省得工人们说闲话。

吕建国呆了呆，忙说：这不行，太多了，老谢挣钱也不容易的。

贺玉梅苦笑道：屁，他们挣钱跟玩似的，算了，不说这个了，越说越上火。

贺玉梅说：你只当是打土豪了。

吕建国看看贺玉梅，一时不知道说什么好，就拿着那钱苦笑道：那我就处理了！就转身去办公室把钱锁了，然后两人就去了齐志远的办公室。一进门，齐志远正在给宣传部的叶莉看手相呢。

叶莉这女人长得太妖，总让男人色眯眯的，又特别爱跟男人犯贱，有事没事总往齐志远的办公室跑。她原是车工，上了两年文科函大，毕业后就想进机关，前任许厂长看中了她，调她到宣传部搞党员教育，机关里关于她和许厂长的闲话特别多。许厂长下台后，她又搭上了纪委书记齐志远，两人混得挺热乎。去年宣传部长老李退休了，齐志远就提议让叶莉上，贺书记没同意。吕建国还想着今年机关精简把她减下去呢。

齐志远抬头见厂长书记两人进来，有点不好意思地笑道：我最近正在研究周易，拿小叶练练技术。你们二位不算算？

叶莉忙站起身：齐书记算得真是准哟。

贺玉梅笑道：小叶，你就让齐书记骗你吧。全是胡说八道，没一句是真的。

叶莉笑道：是说得准呢。又对吕建国笑道：厂长，刚刚市委宣传部打电话来，说省报明天有两个记者要来采访，关于国有企业如何走出困境的话题。你见不见啊？

吕建国苦笑道：我现在就困境着呢。你就说我不在。

贺玉梅说：不见。不怕人家笑话，现在咱们真是饭都管不起了。

叶莉笑道：那就算了。转身走了。

吕建国就坐在齐志远对面：老齐，我听说公安局陈局长是你的党校同学。你是不是求求他，把那个姓郑的王八蛋弄出来。

贺玉梅笑道：老齐你真得出山了啊。

齐志远笑道：厂长，姓郑的这种鸡巴人，就该抓进去，蹲上几年。咱们还给他跑这事啊？算了吧。

吕建国就苦笑说：老齐，不是我这人犯贱，他手里不是有咱们一千多万的合同吗?

贺玉梅也赔笑:就是,老齐,就找找你的那个老同学吧。

齐志远摇头道:真是,我不想为这件破事去求人。不够丢人的呢。

吕建国看看齐志远一脸不肯通融,就说:那就算球了。转身出去了。贺玉梅走在后面,突然又回过身来,问:老齐,说实话,你是想看老吕的笑话吧。

齐志远窘住了:贺书记,别瞎说啊。

贺玉梅笑道:别不说实话,你和老赵都想让老吕早点滚下台呢。其实,老吕也是瞎操心,要是换上我,就不为这么个半死不活的破厂操心,谁们家的啊,还让别人暗着解气。说完,掉身就走。

齐志远脸就红了,笑骂道:贺书记,你怎么也跟吕厂长学坏了,嘴里也吐不出好话来了啊。

临下班的时候,吕建国给四海商行打电话要钱。一个劲在电话里说好听的,最后泄气地把电话放了,骂道:操他姥姥的。

齐志远、贺玉梅一前一后进了吕建国的办公室。

吕建国淡淡地看了齐志远一眼,问道:有事?

齐志远笑道:老吕,我跟我那个同学说了,今天晚上在鸿宾楼谈谈放人的事。

吕建国一怔，喜道：老齐，真是得谢谢你。 这事还得你出马。

齐志远笑道：怎么说也是咱们厂的事情。 我要是不办，大家都得骂我。 再说要真是发不出工资来，我也是一份啊。

吕建国没想到齐志远一下子变得这样，竟怔住了。

齐志远笑道：厂长，你是不是信不过我啊？

吕建国忙笑：看你说的。

贺玉梅苦笑道：老齐，这一桌得多少钱？ 咱们厂可是真没钱了。 你这个同学好不好打发啊？

齐志远想了想：我去组织部借点党费吧。 财务是没钱了。 说完就出门走了。

吕建国苦笑：党员们要是知道咱们拿着党费去吃喝，而且还是给嫖娼的去走后门说情，不定骂咱们什么呢。

鸿宾楼是市里一家很有名的餐馆，据说请的是京城的名厨，价钱也很厉害，但是每天仍然食客如云。 齐志远带着吕建国、贺玉梅到了鸿宾楼。 贺玉梅说：老齐，你来过不少回了吧。

齐志远笑道：反正只要有人请，我就吃。 齐志远在市委党校进修过，同学大都是头头脑脑的，平常总爱搞个小聚会，到处乱吃，乱找地方乱报销。 进了餐厅，服务小姐好像跟齐志远很熟悉，微微笑着把他们三人让进了一个雅间。

陈局长还没来，三个人就坐着喝茶。 吕建国笑道：老齐，这地方来一家伙得多少钱啊？

贺玉梅笑道：厂长你别害怕，钱不够，就把老齐押在这儿。

吕建国就看墙上挂着的一张画，一个外国女人，全身光光的，挺招人的眼神看着他们三个人。吕建国就笑骂：操蛋的，好像是干那个的吧。

齐志远就笑：厂长，您这叫什么眼神啊，这可是艺术品啊。

正要再说笑，就听到外边有人说话。齐志远忙站起身：来了。就迎出门去，引进来陈局长。

吕建国和贺玉梅忙站起来跟陈局长握手。

陈局长看看表，笑道：真是紧赶慢赶，还晚了十分钟。东城下午杀了一个出租车司机。

贺玉梅惊讶道：又杀人了？

陈局长骂道：这两年事出得太多，操蛋的。从春节到现在，我几乎就没睡过一个安生觉。

齐志远笑道：我也没见你瘦了。

一个亭亭玉立的服务小姐进来，微微一笑：几位点菜吗？

贺玉梅笑道：点。就把桌上的菜谱递给陈局长：陈局长，您点。

吕建国也忙说：陈局长，点吧。

陈局长笑道：随便吧。不好让你们破费了，听老齐说，你们厂也太穷了。

吕建国就笑：再穷也不能穷了嘴，再苦也不能苦了胃。点。 陈局长，咱们是头一回，一定得好好喝喝。

齐志远笑道：厂长，算了吧，你这话要是让工人听了，非得挨揍不可。 老陈总在外面吃，今天就是坐着说说话，我来点。 就拿过菜谱点了起来。

贺玉梅笑道：老齐你真是的，让陈局长点几个嘛，你知道他爱吃什么啊？

齐志远笑说：今天听我的。 就点了几道便宜的菜，又要了两瓶古井贡。 然后对服务小姐说：先吃着，不够再说。

贺玉梅给陈局长倒了杯茶，四个人闲扯社会治安。 吕建国就想着怎么开口讲放人的事。 菜上来了，齐志远起身忙着开酒瓶子。 贺玉梅说不能喝，想喝饮料。 陈局长笑道：不喝饮料，坐在一起就都喝一样的，现在女同志更能喝，都是改革改的。 大家就笑。 贺玉梅笑道：那我今天就舍命陪陈局长了。

四人连着干了三杯。 吕建国就说了求陈局长放人的事。桌上的气氛有些紧张，齐志远看着陈局长：老陈，帮个忙吧。

贺玉梅叹道：真是没办法，我们还指着那小子吃饭呢。

陈局长对吕建国说：这人我们真是不好放，放了他，就等于给社会上的一些王八蛋长了志气，以后我手下的还不得让人随便打啦。 换了你，你肯干吗？

吕建国苦笑道：陈局长，我也知道不该来找您，可是我实在没办法。刚刚贺书记也说了，我们厂两千多职工还指着那个王八蛋一千多万的合同过日子呢。现在外面欠我们好几百万，也弄不回来，工人们等着吃饭啊。那天几个工人找到我问，厂长，我们要是没干活也行，可是我们辛辛苦苦干了，还是一分钱也拿不到，这叫什么事啊？吕建国眼圈红了，说不下去，猛地喝了一杯酒。

齐志远赔笑道：老陈，你就给我一点面子吧。我们真是不容易啊。现在都说当企业家的能捞，你是没到吕厂长家去看过，穷兮兮的。他这个破厂长当的，别提多窝囊了。

吕建国心里一热。没想到齐志远能说出这样几句话来，他感激地看了齐志远一眼，接过话头：真是像齐书记说的，陈局长，要我说心里话，我恨不得你们枪毙了那个王八蛋。可我得为厂里两千多口子的嘴发愁啊，这……说着泪就淌下来。吕建国抬手去擦，可流得更猛了。吕建国就转过脸去，贺玉梅的眼睛也红了。

陈局长目光就软下来，叹口气：老吕，我看你这人也是个实在人，不像是那种不管工人死活的东西。你别急了，人，我想办法给你弄出来。掏出无线电话，拨通了，就说：刑警队吗，我是陈志雄，找杜洪。杜洪啊，那天打咱们人的那几个怎么处理的？什么？这么快？嗯，行，我下来再找你吧。陈局长脸灰灰地放了电话。

齐志远忙问：怎么回事？

陈局长叹道：不好说了，案子报到省里去了。 怕是……

吕建国怔了怔，苦笑道：陈局长，您尽了心了。 您的人情我领了。

陈局长想了想：我再想想办法。 吕厂长、贺书记，你们别着急。 操蛋，这事也就是晚了一天，我一准给你们办了。 就仰脖干了一杯酒。

齐志远苦笑道：老陈，你这酒可不能白喝啊！ 你还是再想办法啊。

吕建国看看齐志远，心里热了一下，觉得老齐这人还是挺好的，自己不该跟他闹不团结的。

回到家里，刘虹刚开始吃饭，见吕建国进了门，就说：志河走了，人家可是放下话了，过两天就来车提货呢。 到底有戏没戏啊？

吕建国不耐烦地说：行了行了，快别烦我了。

刘虹不高兴道：全世界就好像你一个人忙似的，不就当了个破厂长吗？

家里的气氛一下子就沉下来，三口人呆呆地吃饭。 吃完了，刘虹就进屋了，吕建国就去洗碗。 吕强忙过来说：爸，您歇会儿吧，我来干。 吕建国一愣，看了吕强一眼，吕强朝他笑着。 吕建国心里一动，感觉儿子长大了，懂事了，就笑笑：好，好。 就退出来，坐在沙发上看《新闻联播》。 还没看出中央领导跟哪国的贵宾亲切友好地谈话呢，桌上的电话就响了。

是方大众从派出所打来的。 方大众气呼呼地说：我们刚刚从县里回来，那辆车的事还是挺不好办，跟农民讲不出理来。 那个县的县长就向着他们，说是要保护农民利益。 那个操蛋的乡长更不讲理。 厂长您说这事还怎么办啊？ 操他妈的地方保护主义！

吕建国恨道：你就别乱操了。 明天我去看看吧。 把电话放了，又给厂汽车队打了个电话，明天一早要车去县里。先找他们的乡长。

一路上风景真是不错。 田野里的麦子都探头探脑地钻出来了，绿绿的让人爽眼。 吕建国想起当年下乡帮老百姓拔麦子的情景，就骂出声来：怎么这年头老百姓也都学坏了啊。

方大众笑道：您骂谁啊？ 老百姓还骂呢。 这年头好像谁都不高兴，真是邪了。

吕建国想起来：您带上钱了吗？ 弄不好咱们得请兔崽子们一顿呢。

方大众苦笑：人家吃不吃你的请还是回事呢！

三十多里路一个多小时就到了。 车子拐进了韩庄乡政府，就见一群农民正在乡政府门口吵吵什么呢，一群鸭子呱呱乱叫着，在院子里乱跑。

方大众把吕建国领到乡长办公室，门虚掩着，方大众敲敲门，里边传出一个细细的嗓音：操蛋的，敲鸡巴什么啊？

门开了，一个白胖子一脸不高兴地走出来，见到方大众，就说：你又来了？

方大众忙说：谭乡长，这是我们吕厂长。

吕建国忙上前跟谭乡长握手。谭乡长笑笑：屋里坐吧。

吕建国走进屋里，闻到满屋子酒气，就看到了办公桌下边一堆酒瓶子。屋里挺乱的，墙上挂着几面奖旗，什么先进之类的。

吕建国坐在靠墙的沙发上，笑道：谭乡长，我是来讨我们厂那辆车的，还请您多多帮忙啊。

谭乡长笑道：昨天方主任和两个公安的同志来过了，真是不好办啊。我们那家企业也是受了骗啊。

吕建国说：谭乡长，这车我们一定要带回去的，我们是个穷厂，还指着这辆车干活呢。现在国有企业也真是不容易啊。

门被轻轻推开了一条缝，一个妇女探进头：乡长，还开会不了？

谭乡长嘻嘻笑道：开你娘那脚，都把你们计划了。等着去吧！那妇女就笑着跑了。

谭乡长说：吕厂长，您也不容易，这我知道。可是老百姓也不容易啊，好容易攒俩钱，买辆车，你说是赃物，就弄走，真是要是死两口子人咋办？您也替我想想。换换个，您能不管不顾去把车弄出来就让人家带走吗？

吕建国看着这个白白净净的乡长，总觉得他像某部电视剧里的太监，直想骂，可是脸上还得赔着笑：谭乡长，真是请您帮帮我们，我们厂真是太穷了。

谭乡长扑哧笑了：不能吧？穷厂还能买这种高级车啊？

吕建国叹口气：这不是图个脸面嘛。人是衣裳马是鞍嘛，不买车，人家看不起你，谁还跟你谈生意啊？

谭乡长看看表，起身说：吕厂长啊，您看这事是不是下来再商量，我还有个会，真是不好意思了。就坐到办公桌前，拉开抽屉乱找，也不知道找什么，嘴里还一个劲骂着脏话。

吕建国强笑道：好的，下来再说，您忙吧。就退出来。

上了车，方大众问：咱们去哪儿？

吕建国说：上县委，找那个鸡巴县长去。

贺玉梅听吕建国说了去要车的经过，就笑：你真是行，没让人家打一顿就算是便宜了。

吕建国骂：打人？我还想打人呢。那个姓门的县长简直就是个混蛋，你跟他说东他说西，最后还发脾气，说他不管这些破事，说完就躲了。操蛋哩！正说着，王超进来了，笑道：两位领导都在，市工会知道了章荣的病，体谅咱厂的困难，拨下来三千块钱，让给章荣看病。

吕建国高兴道：真是不错。给章荣送去了吗？

王超苦笑道：章师傅不收啊，让把这钱交到卫生所，给卫生所进药。可人家市工会说，这是特批款，专款专用的。

吕建国说：那当然，章师傅是省管劳模。 走，咱们一起去看看他。

章荣住的还是厂里的旧宿舍，本来早想把这破楼拆了重盖，可总是没钱。 楼道里的墙皮都已经剥落了，露出灰灰的水泥，还用粉笔写着某某小王八大王八之类的骂人话。 吕建国记得，章荣早就应该搬进厂里的新宿舍，可是章荣让了几回，就一直没有搬成。 吕建国心里酸酸的，现在像章荣这样的老工人真是不多了啊。

进了章荣的家，一股呛人的中药味扑得吕建国要呕。

章荣的儿子章小龙迎出来，懒懒地点头道：领导们来了，屋里坐吧。

屋里光线挺暗，窗帘拉着。 章荣正躺着，就睁开眼问：谁来了？ 章小龙忙说：厂领导来看您了。 就过去把窗帘拉开，太阳光软软地漫进来。 吕建国看到玻璃坏了两块，用纤维板钉着呢。 灰灰的墙上贴着好些奖状，纸都泛着黄，有些已经看不出日期了，吕建国感觉那好像是上一个世纪的故事了。

章荣撑起身子，笑道：快坐啊，小龙，给领导们拿椅子，沏点水来。 章小龙就出去了。 王超追出去：小章，别忙了，我们不喝。

吕建国凑到床前，笑道：好些了吗？ 整天瞎忙，也没顾上来看您。

章荣笑道：没事的，让领导操心了。 老球的了，不中用了。 想起咱们搞大会战的时候，就跟昨天似的。

吕建国笑道：可不是嘛！ 一眨眼，我都快五十岁了。

章荣笑笑：您那次为了赶活，出了废品还不想返工，我扣你的红旗分，你还哭鼻子哩……说着，章荣剧烈地咳嗽起来，脸立刻涨得通红。

章小龙忙过来给他捶背。 吕建国摸摸章荣的额头，吓了一跳：章师傅，你发烧呢。

章荣笑笑：没事，一会泡点姜汤就行了。

贺玉梅说：章师傅，还是去住院吧。 厂里都联系好了啊。

章荣说：我这病住院也不行了，就在家待着吧。 我是真怕死在医院里。 说着又咳嗽起来。

王超急道：章师傅，市工会拨给您的特款，让您住院的，您还是去吧。 这不，厂长、书记都来劝您了。

章荣摇摇头：不去了。 我都这样了，干啥还糟蹋那钱啊。

吕建国看看章荣，眼睛就红了，叹道：章师傅，说什么还是要住院的，你是咱厂的老模范了，你不去，工人们要骂我们的。

章荣叹道：算了，厂长，是我自己不去的，谁骂你们啊。 厂里对我挺好的，我满意着呢。 现在厂里这么紧张，我这破病还治个什么劲啊？ 不给厂里添乱了。

吕建国说：您看病这点钱还是能挤出来的，再说市里也给了些钱专门给您看病的。

章荣还是摇头：不行，我知道厂里那点钱，都是工人们一分一分挣来的，我不能全扔在医院的病床上。 市里要是真给点钱，就给咱厂的卫生所进点药吧。 我听说现在卫生所连感冒药也没了，这怎么行啊？ ……

章荣说着又剧烈地咳嗽起来。

吕建国再也忍不住了，泪就流了满脸，说了声：章师傅，您歇着吧。 就起身告辞。

章荣突然喊住吕建国：厂长，你站下，我、我有话说。

吕建国一脸泪水地回转过身：章师傅，您说。

章荣看看吕建国和贺玉梅：我老了，有今天没明天的，肚子里有句话，你们当领导的比我想得长远，我说得对不对的，就……

贺玉梅忙扶住章荣：您慢慢说，有什么困难就提。

章荣吃力地摆摆手：我没困难。 我是说厂、厂里现在挺难的，你们千万顶住这一段困难，什么事情也有个潮起潮落的，别觉得天都要塌了，我说得不好，毛主席怎么说来着……

吕建国心头一阵痛热，他一下子抓住章荣的手，颤声道：章师傅，您说得对。 您……吕建国的泪唰唰地流下来。

从章荣家回来，几个厂领导闷闷地坐在办公室，吕建国突然抓起电话，让徐科长来一下。 不一会儿，徐科长就颠颠地跑来，一进门看出气氛不对，小心地问吕建国：厂长，有事?

吕建国恶恶地说：老徐，你明天就把赵明的饭馆给封了。 告诉他，三天之内把十万块钱交来。

徐科长看看齐志远。 齐志远望着窗外，不说话。 窗外灰灰的，天渐渐阴死了，太阳胆怯地躲进了云层。

徐科长问：他要是真不交呢？

吕建国恶笑一声：你就让他滚蛋。 你告诉他，就说这话是我姓吕的讲的。

徐科长答应一声就出去了。 贺玉梅想了想：厂长，四海商行的钱也该再去要要了。

吕建国想了想说：我去一趟四海商行，找找那个姓赵的混蛋。 这六十几万不是个小数啊。

贺玉梅叹道：怕是不好要啊！

吕建国说：不行就跟他打官司吧。

齐志远苦笑：赵志高那小子是个人精。 他现在有好几个企业，跟咱们有关系的那个四海商行早就是个虚名了，法院就是查封，也掏不出几个子儿来，他盼着跟咱们打官司呢。 再者，我听说他表姐夫就是法院院长。

吕建国骂：我操他妈。 这叫什么事啊？

一上班，贺玉梅就进了吕建国的办公室，进门就笑：厂长，你猜我找到谁了，这回准能治了那个姓谭的。

吕建国笑道：除非你找到了他爹。 不过他听不听他爹

051

的，也难说哩。

贺玉梅笑道：他不听他爹的，他得听县太爷的。

吕建国摇头苦笑：算球了，那个县长我上次就碰过了，也是个混蛋，根本不讲理。他能向着咱们说话？

贺玉梅坐下喝了口水，笑道：三车间乔亮告诉我，他们车间岳秀秀是那个姓门的县长的亲外甥女，我见岳秀秀了，岳秀秀说没问题，她姨夫肯定给办。她刚刚给姓门的打了电话。

吕建国一下来了精神：操，真这么简单啊。

贺玉梅说：一把钥匙开一把锁，说简单就真简单。

吕建国说：那你去一趟吧，上次我跟姓门的差点吵起来。我一去，别再把事情办砸了。

贺玉梅到县里的时候，正是中午。贺玉梅想，正好把门县长请出来吃顿饭。到了门县长的办公室，门县长正跟几个人说话呢，见到岳秀秀就忙让那几个人走了，跟岳秀秀嘻嘻哈哈笑着，聊着家长里短。岳秀秀说了要车的事，门县长笑道：你怎么管这事啊？岳秀秀说：我在厂里负责呢，我不管谁管啊？门县长笑道：真的啊，早知道是这样一个关系，我早就让他们把车放了。说着，才看到贺玉梅。岳秀秀介绍了贺玉梅，贺玉梅笑着说：真是不好意思，我们办不了，只好麻烦您了。就说了谭乡长的态度。

门县长骂道：操，还挺牛的哩。放心，这事我给你们办了。对了，你们还没吃饭吧，咱们先吃饭去。就喊来一个瘦男人，门县长说：李秘书，你去打电话把老谭给我喊来。李秘书转身走了。 贺玉梅笑道：不忙，咱们先吃饭吧。

门县长说：不是我着急，我上次开会听他们念叨了几句这件事，你们厂一个姓方的和一个姓吕的也来找过我。 要是不赶紧找老谭，他们就敢再给你卖了球的。 到时上哪儿找啊？

贺玉梅心里一紧张，脸上笑道：那真得快点，这年月什么都讲改革速度，真要是卖了，我们可就惨了。

门县长就带着岳秀秀、贺玉梅去了县委门口的饭店。 进了门，老板慌慌地迎上来：县长，您吃饭啊？ 门县长笑道：临时来了几个亲戚，在你这儿闹一顿吧。 老板忙笑道：平常请也请不到您呢，我说昨天晚上做梦听到喜鹊叫呢，敢情今天有贵客来啊。 门县长哈哈笑：操蛋的，你可真会说好话。几个人就进了雅间。 门县长也不看菜谱，乱点了一气，老板就让人把菜端上来，又端上两瓶五粮液和两盒红塔山，客气了几句，就退出去了。 贺玉梅心里就害怕，怕一会儿结账钱带得不够。 小岳撒娇说：姨夫，这事您可真是给办了啊，要不厂长可得扣我的工资啊。

门县长笑道：外甥女的事，我还能不管啊。 来，贺书记，喝酒喝酒。 我这个外甥女你可得照顾着点啊。 贺玉梅忙笑道：您放心好了。

吃过饭，贺玉梅忙去结账。 门县长拦住她，笑道：贺书记，到我这地面上还用你结账啊。 就对老板说：先记在农业局吧。 老板笑道：您甭管了。 就忙着送他们几个出来。

贺玉梅觉得喝得有点多了，头晕晕的，就笑着说：看起来，真是当个县长好，一方土地，说了算啊。

门县长笑笑：您是没见我受治的时候呢。

回到县委，刚在门县长屋里坐了，李秘书就进来说：县长，谭乡长来了。 门县长点点头：让他进来。

李秘书出去，一会儿，谭乡长就进来了，进门就笑：县长，您真是改革作风啊，连饭也不让我吃好啊，今天您得请我。 又朝贺玉梅、小岳笑笑。

门县长哈哈笑了：你小子还用我管饭啊。 坐吧，这两位找你有事呢。 这是贺书记。 就掏出烟来扔给谭乡长一支。

谭乡长点着烟，傻怔怔地笑问：县长，什么事啊？

门县长瞪眼道：什么事？ 你还好意思说，偷了人家的车，还不给人家。 咱们县的脸快让你们丢球的光了。

谭乡长笑道：刚刚李秘书跟我讲了，县长，不大好办啊。 谁知道是贼车啊，要知道是贼车，白给也不敢要啊。现在也不能说拿走就拿走啊，吴大水那个愣头青还不得跟我玩命啊！

门县长笑道：谁敢跟你玩命啊，说得吓人呼啦的。

谭乡长说：门县长，这事真是不好办。 那车是吴大水花三十万买来的，手续都全，硬给他拿走，他真怕是接受不了。

门县长哈哈笑了：屁话。 三十万？ 哄鬼呀？ 吴大水那个鬼精，我还怀疑他给钱没给钱呢！别废话了，这事你去办吧。这是我外甥女的车，你去告诉吴大水，他要是不放车，就是不给我老门面子，我还真就不要了。

谭乡长尴尬地站起身，朝贺玉梅笑道：上次您厂里的那位吕厂长找过我的，您能不能出几万？五万行不行？

贺玉梅心想这个姓谭的真够难缠的，笑了笑，刚想说几句没钱的话，门县长就火了：贺书记，你别理他，这小子见谁都想割一刀的。

谭乡长哈哈笑了：县长，我真是斗不过您的。好吧，既然县长发话了，我料定吴大水屁都不敢高声放一个的。我明天把车给您开到县委来。就朝贺玉梅笑笑，出门走了。贺玉梅有点愣，没想到这事就这样有一句没一句开着玩笑就办了。

门县长朝贺玉梅笑道：那您就住一夜吧。明天一早他就送车来。

贺玉梅笑道：还是您面子大。

门县长说：大个屁，我要不是县长，他们才不理我呢。

岳秀秀笑问：姨夫，他们明天要是不来呢？

门县长眼睛一瞪：敢？过明天中午我都饶不了他们。

吕建国正在给那几个要账回来的人开会呢，贺玉梅在门口探头。吕建国忙起身出来，贺玉梅笑道：车开回来了。就把事情跟吕建国说了个大概。

吕建国高兴道：行，真是有你的。 你先回去歇歇吧，我看你累得也够呛。

贺玉梅笑说：我真得歇歇了，那个姓门的可真是个酒桶，昨天真把我灌坏了。

贺玉梅进了家，就想躺下睡一觉。 躺在床上，又给妹妹打了个电话，问问谢跃进这两天的行踪，自上次在酒店闹了那一回，谢跃进就没回家。

贺芳不在公司，一个女的接的电话，说贺芳住院了，两天了。 贺玉梅吓了一跳，忙问贺芳怎么了。 那女的说：我知道怎么了？ 我又不是她妈。 你愿去就去看吧，妇产医院。

贺玉梅更是吓坏了，就问：妇产医院，她住妇产医院干什么？

那女的好像跟贺芳有深仇大恨似的，干硬硬地冷笑道：你这人好烦啊，你去看看不就明白了嘛。

贺玉梅一点睡意也没有了，慌慌地跑到街上叫住一辆出租车就朝妇产医院去。 一路上没头没脑地乱想，越想越怕，直到进了病房，看到谢跃进正坐在贺芳床前，她仍是没有反应过来，脑袋木木的。 贺玉梅急急地问贺芳：怎么回事？你怎么住这儿了？

贺芳脸色苍白，朝贺玉梅笑笑：我没事。 你怎么知道的？

贺玉梅喘着气说：我出差刚回来，打电话说你住院了。

又看看一旁的谢跃进，贺玉梅心里突然跳了一下，似乎明白了些什么。看看贺芳，再看看谢跃进，贺芳头歪向一边，流下泪来。贺玉梅猛地搞清楚什么了。

谢跃进尴尬地站起身，笑笑：玉梅，你待一会儿吧。我还有点事，先走了。

病房里只剩下了姐妹两个，空气有点发紧。贺玉梅低低地叫了声：小芳。贺芳回过头来，两人呆呆地互相望着。

贺玉梅叹口气：芳芳，你都让我糊涂了。你和谢跃进到底怎么回事？

贺芳突然不哭了，冷笑一声：姐姐，你既然全知道了，还说什么蒙在鼓里。你让我说什么？我喜欢他。但我并不想在你们中间惹是生非，否则，我决不会打掉这个孩子的。

贺玉梅叫起来：什么？你真的有了孩子？

贺芳淡淡地说：你放心，我不会让他跟你离婚的。

贺玉梅只觉得头疼得厉害，全身颤抖。她怒吼起来：你不该这样啊！你知道谢跃进在外面搞着多少女人吗？

贺芳冷冷地说：你别乱吵乱嚷。他没有欺骗我，是我情愿的。你别恨他，是我自己对不住你。

贺玉梅冷静下来，看看贺芳：好吧，你先住院吧。就往外走。走到门口，又回过头来：小芳，也许他在你眼睛里是个什么了不起的，但是在我眼睛里他很不值钱，你愿意跟他，我拱手让给你。就摔门出去了。听到病房里传出贺芳的哭声，贺玉梅脚步迟疑了一下，还是大步走了。

到了医院门口，看到谢跃进正在那里推着摩托车抽烟呢，似乎是在等她。贺玉梅没理他，取出自行车就要走。谢跃进跟上来：玉梅，你听我说。

贺玉梅哽声道：你还想跟我说什么？

谢跃进苦笑道：事情闹到这一步，我还能说什么？

贺玉梅冷笑：你到底跟芳芳什么时候有的这种关系？

谢跃进道：一年前。你就看着办吧。

贺玉梅冷笑一声：我看着办？你把芳芳毁了，还问我怎么办？说罢，扬手给了谢跃进一个耳光，掉头就走。

就听到谢跃进在她身后冷笑道：别把自己装成修女的样子，你跟姓梁的事谁不知道啊？

贺玉梅身子一颤，她回过头来，盯着谢跃进，突然笑了：你也相信这事。谢跃进，我真是白白跟你过了这些年了！

谢跃进就骑着摩托车走了，剩下贺玉梅呆呆地站在那里。阴阴的天空落下了几丝雨，夹着软软塌塌的雪花，冰冰的。贺玉梅仰起头，看着散散的雨夹雪，就记起上大学时一位老师讲过，这种东西叫作霰。

王超来找吕建国，说小魏的女儿明天要开刀了，问吕厂长是不是去看看。

吕建国说：去，厂领导们都去看看。

王超发愁说：职工们给小魏捐了五万多块钱，可还不够。医院要十万押金啊。怎么办啊？

吕建国叹道：下来再说吧，咱们先去看看。

两人起身出来，就听到楼道里一阵乱吵，赵明骂骂咧咧地走过来。

赵明喝得醉醺醺的，身后跟着蔡大胡子。方大众跟在他身后赔着笑：老赵，有意见慢慢讲嘛。赵明一把推开了方大众：滚一边去。你他妈的就会拍马屁，我找姓吕的说话。

吕建国黑着脸站在走廊里，冷冷地问：赵明，你来交钱了？

赵明抬头看到吕建国，就恶笑道：吕厂长，你凭什么封我的门？

吕建国不想跟他在走廊里吵，就转身进了办公室，赵明跟了进来。吕建国说：我正要找你，正好你来了。我就要你一句话，你到底交不交承包费？

赵明点一支烟，吐了个烟圈：我不是告诉你了嘛，现在没钱，先记着，年底一块儿算，少不了厂里一分钱。说完就往沙发上一躺，把脚蹬在了沙发扶手上。

吕建国摇头：那我跟你就没什么好说的了，厂里决定，你的承包合同就此终止。

赵明把烟在手里拧死了，狠狠摔在地上，跳起来：你姓吕的两片嘴唇一碰就完了？你不让我干，要包赔我的损失！

吕建国愤怒地站起来：赵明，你别在这里胡搅蛮缠。

赵明眼睛冒出火来，向前一步，一拳打在吕建国的脸上，吕建国鼻子就冒出血来。

　　王超和方大众呆住了，扑过去抱住赵明，赵明跳脚骂道：姓吕的，老子今天非打残了你不可。门外冲进来几个人，赶忙去扶吕建国。

　　吕建国摆摆手，对众人说：放开他，让他过来，我不相信他敢打死我姓吕的。

　　赵明愣住了，他不明白吕建国为什么不跟他急眼。

　　吕建国擦擦脸上的血，淡淡道：赵明，你小子用良心想想，如果你真是没钱，就算我姓吕的操蛋了。现在厂里穷得锅都揭不开了，好几个病号都……小魏的女儿白血病就在医院躺着，等着钱用。还有章荣，不说了，这你都知道。你该着厂里的钱不给，你要是有一点人味，你能不能这么干？我怎么也想不透，你也算是在厂里干了二十多年了。你……我告诉你，你今天不就是想惹急了我，让我也动手，你就可以赖账了吗？我是当着这个厂长就算了，我真是连宰你的心都有了！说完，转身就走，走到门外，又转过身来，恶恶地骂一句：赵明，你是个王八蛋！就啪一声把门摔上。门又弹开了，走廊里渐渐远去了吕建国生硬的脚步声。

　　一阵风生猛地刮进来，凉凉的寒风中，已经没有了严冬里那种尖厉的寒气。这是冻人不冻冰的季节了。

　　众人都愣在那里，呆呆地听着风呼呼地刮着，十分的单调。

　　赵明呆呆地，蔡大胡子一旁低声问道：赵哥，咱们……赵明低声吼道：明天把钱交给姓吕的！一跺脚转身走了。

吕建国到医院的时候，毛毛刚刚醒过来。厂里好多人都呆呆闷闷地坐在走廊里，吕建国看到袁家杰也来了。

吕建国进了病房，毛毛眼睛艰难地睁开了，看看吕建国他们，笑了：谢谢叔叔们。

吕建国笑道：毛毛，就会好的。就会好的。

毛毛额头上淌着细细的汗珠，她艰难地说：还是让我出院吧。别再让厂里的叔叔阿姨们给我花钱了，治不好了，我知道的。谢谢叔叔阿姨们关心我。我现在一点都不疼了。

吕建国眼睛潮了，他努力克制着自己，不让眼泪掉下来，转身走出了病房。

病房外面，一帮人正在劝慰小魏。小魏两口子呆呆地坐着，傻了一样。吕建国走过来：小魏，先给孩子看病，有什么困难下来再说。

小魏哭着说：吕厂长，说什么也不看了，我不能拿着大家伙的钱往坑里扔啊。我……

于志强火冒冒地说：混账话。你怎么就知道治不好呢？

小魏泪流满面：我什么都明白。大家的心意我领了。真的，厂长，您就别让我难受了。

吕建国拍拍小魏的肩，叹道：别这样。治一定要治。只要咱厂子不垮，毛毛的病就得看。别说十万，就是二十万，厂里也会想办法。

小魏拼命地摇头：厂长，厂长，不能这样，真的不能这样。

齐志远眼泪落下来：小魏啊，你就别再乱说了啊。

小魏和他爱人就扑通跪下了。

吕建国心里一酸，怒声吼道：你这是干什么，混！你给我起来！起来！一把扯起小魏。吕建国的声音颤抖：要骂，就该骂我、打我，我这个厂长无能啊。

走廊里哭声大作。

吕建国中午饭也没吃好，跟刘虹吵了几句就出来了。刘虹一个劲追问他志河的事办得怎么样了。吕建国恨不得狠狠骂妻子几句，他感到这帮人十分可恨，在自己倒霉的时候，连句安慰的话也没有，还一个劲地找事儿。他突然觉得自己挺没劲的，来到办公室，就坐在沙发上闷头闷脑地抽烟。

袁家杰走进来，看看吕建国，就重重地坐在沙发上，不说话。

吕建国笑道：又怎么了？看你样子怪怪的。掏出一支烟扔给袁家杰。

袁家杰接过吸了，吐出一团雾，叹道：我知道你挺恨我的。

吕建国抬起头：你说什么呢？我凭什么要恨你啊？

袁家杰苦笑笑，没说话，呆呆地抽烟。抽完了，又伸手朝吕建国要了一支。

吕建国叹道：我想通了，你还是走吧。在哪儿干好了都是国家的。

袁家杰一怔，迷茫地看着吕建国。吕建国也苦脸看着他。

两人一时没话可说了。风从窗子缝中溜进来，发出吱吱的响声。袁家杰呆呆地说：我不走了。今天把我那个专利卖了。

吕建国一怔：卖了？卖给谁了？

袁家杰苦笑道：卖给那个乡镇企业了，一百三十万。我跟他们要的现金，我怕钱汇过来让银行给截住抵了利息。

吕建国心慌地问：那你？……吕建国知道，袁家杰这个项目搞了好几年了，本来厂里想上这个项目，可是前任许厂长跟袁家杰闹不来，就耽误了。吕建国上台后想搞，可是厂里又没钱，银行一个子也不给贷了。

袁家杰脸色苍白地站起身：他们过两天就来谈。你接待一下吧。

吕建国站起身，声音有些发涩：家杰，这事是不是你再想想？这可是你十几年的心血啊！

袁家杰苦笑道：还想什么啊？厂里都到了这份儿上了，唉！转身就走。

吕建国猛地喊了一声：家杰……声音就哽住了。

袁家杰回过头来，也呆呆地看着吕建国。一时屋里静得能听到两人的心跳声。

太阳明晃晃地照进来，吕建国脸上滑下几滴泪，在阳光中跳跃着。

袁家杰涩涩地笑笑：建国……就再无话了。

两个人都呆呆地盯着窗台上那盆月季，浇过水的月季，叶子已经悄悄舒展了。

有人把门撞开了，吕建国一惊，就见章小龙脸色灰灰地跑进来，进门就哭：厂长，我爸过去了。

吕建国一惊，袁家杰颤声道：昨天不是还挺能吃的吗？怎么这么快啊？

吕建国难过地对袁家杰说：咱们去送送章师傅吧。

章荣真是死了。等吕建国几个人赶到医院的时候，章荣已经给推进了太平间。章荣静静地躺着，眉头却紧紧皱着，似乎有无限的心事还没有放下。吕建国心头一阵凄楚，泪涌出来，就闷着头出来了。走廊里已经站了一大片厂里的工人。十几个过去给章荣当过徒弟的，呜呜地哭着，哭声在医院里低低地传远了。

门外，春雨下得正紧，啪啪砸在台阶上，让人感觉心里冰冷。吕建国抬头看看，天空白茫茫的，院中的几棵杨树绽出星星点点的绿，就要抽出新条了。

下午快下班的时候，吕建国接到了陈局长的电话。

陈局长在电话里笑道：老吕，人今天就放，你们派人来接一下吧，写个保证，罚五千块钱，不能再少了。

吕建国高兴道：谢谢陈局长了。 我什么时候请您喝酒啊？

陈局长哈哈笑道：行了行了，你那个破厂能给工人开支就算念佛了，别把工人们逼得上了街就算照顾我了。 最近怎么样啊？

吕建国苦笑道：挣扎吧。

又说了几句，陈局长放了电话。 吕建国就打电话喊方大众来。 方大众进来问：厂长，有事？

吕建国骂道：你一会儿去把姓郑的那个王八蛋接回来，刚刚陈局长打了电话，说今天放人，你去财务拿上五千块钱的罚款。

方大众笑道：厂长，还是您亲自去一下吧，显得重视啊。

吕建国恼了：你让我重视什么？ 我坐着车去接那个流氓？ 我没心思。

方大众笑道：算了算了，看您这么多话，我去吧。 在哪儿给他们接风啊？

吕建国想了想：你随便找个地方吧，就说我不在家。

方大众笑了：那好，反正明天您得见人家啊。 就转身走了。

吕建国就去告诉贺玉梅。 进了贺玉梅办公室，就看出不对劲了，贺玉梅眼睛红肿着，好像是刚刚哭过。

吕建国就问：又打架了？

贺玉梅恨恨地说：厂长，别劝我了。我要跟谢跃进离婚。

吕建国惊讶道：你怎么说风就是雨啊？到底怎么了？

贺玉梅叹口气，摆摆手：不提了，我不想说。

吕建国就暗暗想：这个女人挺不容易的啊。就不再问，闷闷地坐着。

吕建国突然又想起志河的那件事来，就对贺玉梅说：有件事我一直忘了跟你说了，我下乡插队的那个村来人找我要几吨废钢材，我不好推出去，先给你打个招呼，日后我老婆要是来问你，你就说党委不同意。

贺玉梅苦笑道：你要是推不开就给人家几吨吧，好歹你在人家那里下过乡呢。

吕建国说：我那天喝酒喝多了，就随口乱答应了。不说了，今后你要是不愿办的事，就往我这儿推，我要是不想办的事，就往你那儿推。

贺玉梅笑道：行啊，互相背黑锅吧。

吕建国看看表：下班了，走吧。

贺玉梅说：你先走吧，我想一个人再待会儿。

吕建国苦笑道：别有什么想不开的吧？

贺玉梅突然问：厂长，都传说我跟梁局长有事，你相信吗？

吕建国一怔，哈哈笑了：你说什么啊？我怎么一点都没听说啊，别瞎想了。就出来了。走出几步，听到贺玉梅在办公室呜呜地哭了。 吕建国心里一酸，仰天长叹了一声，大步走出楼去。

吕建国站在厂门口，突然发现厂门口的树一夜之间，已经绿绿的了，恼人的春寒大概就要过去了。

（原载《人民文学》1996 年第 1 期）

忘记了那个年代，就等于背弃了一种人格，唯有这种人格，才能激扬起我们弱化了的世界，使我们像沙子一样涣散了的人群，重新聚集成水泥钢筋一样的人格建筑，在这一个风雨如磐的世界中，以求得精神坚强地再生。

——作者题记

我纪念我的父亲，不仅仅因血缘的关系。为了我的出生，我的父亲和母亲都付出了过于沉重的代价。

我是一个私生子，一个没有经过人类文明生产原则的承诺，就冒冒失失跑到人间的生命。直到我为人妇为人母之后，仍羞于提起我的父亲和我的母亲。我内心世界中，至今仍觉得自己是一个孽障。这种负罪感或许会像阴影一样紧紧缠绕我的一生。这真是悲凉没顶的事情啊。

1949 年，父亲进城后，就脱去了军装，在北方的一个城市里给市委书记当秘书兼市委秘书科长。一个前程似锦且不好估量的职业。

我的祖父是地主，父亲就比高玉宝们幸福，他读过书，有文化。连天的炮火一经停止，文化就有了超越出枪杆子的优势。所以，有文化的父亲就很受重用。按照他的一些老战友的说法，他若不出那桩风流韵事，以致断送了政治前程，以致最后连生命也搭了进去，他现在或许已经是省一级的干部了。

我常常负疚地想，我这可悲的生命或许是用一个省长的性命换来的。

也有人说，我父亲的悲剧就在于他是一个读书人，读书人喜欢读书人，于是就喜欢出了问题。由此看来，"喜欢"这种人类行为，一旦过了头，就不会是什么好事了。乐极生悲，大抵如此。

1951年，第一批大学生分配到市委机关。其中一个叫黄玲的姑娘迷住了父亲。父亲的悲剧由此开始。

我走访过父亲的一些老战友，他们回忆说，黄玲姑娘长得好漂亮，爱笑爱唱。他们使用了一句陈旧的比喻，说黄玲像只百灵鸟。

市委书记贺二喜也喜欢上了这只百灵鸟。于是，父亲就有了一个强劲的情敌。

脱下军装之前，贺二喜是师长，父亲是他手下的一个营长。贺二喜很赏识父亲，贺二喜当了市委书记之后，就让父亲给他当秘书，后来又当秘书科长。这应该是一对铁心铁胆的上下级，却成了情场中的对手。该如何较量？贺二喜的优势大于父亲：参加过长征的老干部，独身，妻子在战争中牺牲，无子女，无家室之累。我父亲则是有家室的。但父亲的一些优势也大于贺二喜：有文化，三十岁出头，年轻英俊。贺二喜则是四十开外，一张有刀疤的脸，一副能使天下所有的林黛玉望风而逃的凶恶的面孔。

情场逐鹿谁得手？战友们都劝父亲退出这场角逐，把黄玲让给贺师长。

在战场上对贺二喜唯命是从的父亲，竟昏了头似的，毫不让步。他一面抓紧与那个斗大的字认不下几箩筐、死活不进城、仍在村里当妇女主任的妻子袁桂兰离婚，一面加紧对黄玲的攻势。后来干脆把黄玲调到市委秘书科，控制在自己的视野之内，并对再来劝他退出角逐的战友大发雷霆：我就是要娶黄玲，豁出去这个科长不当了，也要娶她。

不爱江山爱美人。这真是一句气吞山河的爱情誓言，却也真是一句误事的蠢话。情场使人变傻，大概人同此理。我可怜的父亲也不能免俗。遗憾的是我没能了解这段男欢女爱故事的全貌，如果能细细写出来，相信也会使当今的情种们泪飞如雨。

我猜想，当父亲信誓旦旦地对黄玲表白了决心之后，风情万种的黄玲姑娘一定会扑上来像根常春藤似的吊在我父亲的脖子上，撒娇道：你真是我心中的白马王子啊！我想或许会是这种情况的。父亲当时一定沉醉在温柔乡里不知归路了。

父亲经过了一年多的离婚大战，竟以失败告终。 袁桂兰不肯离婚，最要命的是父亲必须到家乡的县法院去请求离婚，而那个县的县委书记就是我大伯。 大伯对这种陈世美的行为是深恶痛绝的，他坚决反对我父亲离婚。 县法院谁敢成全我的父亲？

于是，可怜的父亲就不能和黄玲结婚。 更悲剧的是黄玲却怀孕了。 这样就既成了乱搞男女关系的事实，黄玲受了处分，被下放到牛奶厂去劳动了。 父亲也因此被停职检查。这件事对于今天许许多多敢于未婚先孕或婚外乱孕且不受任何指责的少男少女，或许是不可思议的。 而当时的情况的确就是这样的。 应该说，那是一个不相信爱情的年代，如果随便找一个人来问，人家都会说：什么爱情，明明是乱搞嘛。 我的父亲作为一个有妇之夫，敢于拼死拼活地去追求黄玲，他已经付出了最大的代价，已经表现了他最大的胆量，他作为一个有着远大前程的革命干部，敢于让黄玲的肚子在光天化日之下大起来，他也已经愚蠢到了不可救药的地步。

事已至此，贺二喜悻悻地退出了对黄玲的角逐。

于是，就有一个记者恨恨地写了文章，在 A 市的报纸上刊登出来了。 文章指名道姓地对我父亲进行了道德攻击，说我父亲是丧尽天良的陈世美，一进城就被花花世界迷住，另觅新欢，企图甩掉用小米支援了革命的农村妻子。 那时的报纸绝非今天可比。 今天的报纸已经没有了当年那种权威性，相反还产生出一种越批越香的效应。 真是怪怪的。 而在当时，父亲的恶行一经见诸报端，他的政治生命也就宣告完结了。 很快，他的处理结论也就有了：撤去市委秘书科长的职务，调离市委，下放到炼铁厂参加劳动。

这一对曾有过片刻之欢的露水鸳鸯，就这样生生被拆散了。 但事情没有最后结束，黄玲已引起政工部门的注意，市委组织部开始了对黄玲历史的调查，调查很快有了结论：黄玲在中学读书的时候参加过三青团，而且和国民党特务有过接触。 特嫌？

黄玲是在牛奶厂干活的时候被抓走的。 她竟没能和我父亲见上一面。 她和他都不曾想到，这一别竟成永诀。

黄玲给我父亲留下一个不满周岁的女儿。 这是他俩苦恋一场的唯一收获。 这个女孩名叫援朝。 援朝就是我。 我很不光彩地来到人间，却有了一个十分光彩的名字。

二十七年后，当我再次见到我的母亲黄玲，她已经是白发苍苍了。 当我看到站在我面前的这个表情木讷的老女人，看到岁月在她脸上刻下的纵横交错的皱纹，我找不出一丝她曾经有过的青春的影子。 我暗暗奇怪，难道她就是那个曾经让我父亲神魂颠倒不惜和贺二喜反目为仇的黄玲吗？ 我突然强烈感受到了岁月的残酷。 我由此突然怀疑"冲冠一怒为红颜"这句古话的可信性。 真是悲剧。

更可悲的是，母亲出狱那天，正是我父亲自绝于人民的二十周年，这一对生死茫茫的男女啊。

那天，刮着大风，天空被搅得昏昏黄黄。我晕头晕脑地坐了三天两夜的火车，又坐了一天一夜的汽车，匆匆赶到西北某地那个劳改农场，去接平反出狱的母亲黄玲。我在那间插满了铁条的鸟笼子一样的候客室里等候了十几分钟，一个表情像沙漠一样干燥的女管教干部，领来了一个身材瘦小且伛偻的老女人。我明白了她就是我的生身母亲黄玲。黄玲听我通报了姓名，怔了许久，才木木地点头，就再无话。那天，因为没有赶上火车，我和她就在那个小镇住了一夜。晚上，我小心翼翼地把我父亲早已不在人世的事告诉她，她依然没有表情。过了许久，她那消瘦的双肩颤抖起来，让我想到了在寒风中战栗的枯叶，她使劲用手帕捂住嘴巴，两行浑浊的泪水淌下来，很快就把一张满是皱纹的脸弄得一塌糊涂了。她就这样无声地哭着。终于，她突然哑哑地喊起来：是你爸爸害了我啊。我恨死他了。她一把抱住我，号啕起来。

窗外是野野的狂风，恶恶地扑打着门窗，仿佛要向我讲述一个凄绝的传说。

我至今记得，我当时心如刀割。我不曾防备她对我父亲仇恨到这种程度，由此我开始怀疑她对我父亲爱情的真实。我可怜的母亲，她作为一个从风雨飘摇的旧中国过来的小知识分子，对我父亲究竟会有多少理解和爱呢？谁又敢保证没有攀附投机的成分呢？或许我太阴暗了，但反思这件父母的悲剧，我宁愿相信父亲比母亲更真诚些。 我突然有些讨厌起这个有些病态的老女人了。 一年之后，当我躺在 A 市妇幼医院的产床上，呼天抢地欲死欲活的时候，我才猛然间原谅了黄玲，她是我的母亲啊，她也曾在生下我的时候，经历了这样一场生死的炼狱啊。

父亲的死，除去那场社会悲剧的原因，很大程度上是他的性格所致。 当然也不能不说黄玲给他带来的厄运。 母亲被捕后，父亲的档案里被注明了"特嫌。 控制使用。"，这些，父亲是不知道的。 1979 年为父亲平反时，才撤出了这个结论。 我当时看着那几张泛着黄色的纸页，心里悲哀极了。 父亲是背着这个结论走到生命尽头的。 好比你穿着一件新衣服，你的背后被人悄悄画上了一个丑陋的记号，你却一无所知，仍是向前走着，你看不到你身后那些异样的目光，你是多么的可悲和愚蠢啊。

父亲死于 1960 年。

1960 年，当那场大饥荒走到人们的眼前，中国的老百姓才突然发现社会主义竟也埋伏着饥饿这样一个定时炸弹。 炼铁厂的食堂管理员因为偷偷地多吃了一个菜团子，被下放回家了。 据说，那个管理员也是一个抗战时期的老革命了，如果不是为那一个菜团子，是绝不会被下放回家的。 一个菜团子，即把他出生入死的革命经历一笔勾销了。 他如果能够活到现在，我想他一定会为当年没能管住自己的嘴，而悔恨一生的。

父亲被调到食堂当管理员。

那年我七岁多，每天放学回家，就等父亲回来熬菜粥。我永远记得那菜粥的制作工艺：抓一把混合面（高粱面玉米面之类合成），放进沸水中，然后加入野菜，再加入盐，等锅中的水再度沸起，即用力搅拌。五六分钟以后，便熄火，可以吃了。

那天，父亲很晚了还没回来，我饿得顶不住，就自己动手做饭，趁机多抓了两把面，放了比平常少的野菜。我至今记得那顿饭吃得非常奢侈。结婚以后，我多次跟丈夫说起那顿饭，说很想再做一回吃吃。丈夫笑：那你就试试，你肯定会成了相声里的那个要喝珍珠翡翠白玉汤的朱元璋。我也笑。就终于没有一试，我怕破坏掉那个奢侈而又香甜的记忆。那天我吃得很饱，吃完了就害怕，怕父亲回来教训我。每顿饭他是决不让多放面的。我越想越怕，后来大概是睡着了。大概还做了一个很开心的梦。

父亲那一夜没有回来。第二天一早，厂里来了一个阿姨，我至今不知道她的名字，只记得她的脸尖尖的，眼窝深深的，挺严肃的。阿姨送我去上学。中午她又接我去厂食堂吃饭。我问阿姨：我爸爸去哪儿了？阿姨说：你爸爸有事，让阿姨陪你。几天以后，我才知道父亲死了。

食堂丢了一袋混合面，立刻惊动全厂。那是个粮食比金子还金贵的年代啊。就成了厂里的一件大案。就有人怀疑我父亲偷了。 因为那天是父亲值班。 于是，厂保卫科就把父亲找了去，要父亲交代。 父亲气坏了，就吵了起来。 结果，父亲就被关了起来，隔离审查了。 当天夜里，父亲就自杀了。 他拔下墙上的一根钉子，刺断了动脉。 血就像无数只红色的小虫，急促促地爬出门去。

1964年"四清"运动中，那个食堂的一个姓张的炊事员因为经济问题被审查，就交代了那袋混合面是他偷的。

父亲真冤，当时厂里是以畏罪自杀报上去的。 当时的市委书记贺二喜听到消息就火了，一个电话把炼铁厂的书记、厂长叫去问话。 那个厂长刚刚跟贺二喜说了两句，就被贺二喜扬手一拳打了个跟头。 贺二喜破口大骂：我操你们祖宗，秦志训是那种人？ 于是，父亲就被以病故处理了。 贺二喜亲自主持了我父亲的后事。 那天，我是第一次见贺二喜，只知道这个络腮胡子的伯伯是父亲的战友，是个曾经骑马打仗的大官，却不知道他还是父亲的情敌。 贺二喜看着我父亲的棺材，凶凶地盯着我说：哭哭你爸，他要走了。 哭啊。 我就趴在那具黑色的棺材上哭。 贺二喜一把搂住我，我看到他眼睛里大颗大颗的泪蛋子滚下来。 我一直很被这种战友的感情所感动。 我丝毫不怀疑这其间的真诚。

父亲死后，我被贺二喜接到他那里住了两个多月，之后，父亲的妻子袁桂兰就来A市接我。

我第一次见到了袁桂兰。 她是一个非常爽朗的农村妇女，一说话先笑。 她梳着短发，一双小眼睛，亮亮的。 她的脸贴着我的脸，任泪水流着，流到了我的嘴里。 我至今记得从那双小眼睛里流出的那咸咸的泪水。 贺二喜让我喊袁桂兰娘。 我喊不出。 贺二喜就朝我瞪眼。 袁桂兰就笑：叫不出就不叫。

袁桂兰就从怀里掏出一块带着她的体温的菜馍让我吃。 我就大口大口吃得很香。 袁桂兰就问我想不想跟她到乡下去。 我就点头。 贺二喜对袁桂兰说：我对不起你啊，我没有把老秦看管好，他不该死的啊。 袁桂兰没说话，眼里就又有了闪闪发亮的东西。 贺二喜说：这孩子你要不想带，就交给我来养好了。 袁桂兰笑了笑说：我喜欢这孩子，这孩子长得挺像她爹的。 贺二喜也笑道：我也挺喜欢这孩子。 你要是不想带她，我还真留下她了。 真是有几分像老秦呢。

第二天，贺二喜送我和袁娘上了车站。 我们上了车，贺二喜就在车下朝我们挥手。 我看到他那只独眼里淌下了几滴泪。 贺二喜 1964 年病故，没有经历过那场史无前例的运动。

我就随袁桂兰回到了父亲的家乡。 我跟袁桂兰在一起生活了一年多的时间，我就有了母爱，至今我也认为袁桂兰是我的母亲。 她是一位伟大的母亲。 我始终不能理解上苍为什么要在她和我父亲之间安排一场悲苦的结局。 恩恩怨怨生生死死，一切好像都在宿命里安排好了。

我也常常想，男女婚配，也许并非命中注定，实在是机遇的缘故。 或者黄玲真该成为父亲的妻子，却不一定非我父亲不嫁。 袁桂兰也并非不可以同我父亲离婚。 也许黄玲嫁给我父亲她会十分幸福，但焉知她与张三或者李四结合就是堕入火坑呢？ 或者大幸或者大不幸，谁又可知？ 但黄玲一旦钟情于我父亲，诸多可能便不复存在，又怎能遑论她与我父亲一定是爱情悲剧呢？ 幸与不幸，真是无法预料，推而广之，人世间大抵如此。 谁是明哲？ 人生由始至终，爱与不爱，无论悲欢，到头来都是茫茫白骨，一缕轻烟。 如此说来，爱与不爱便无可无不可，无所谓真心或者假意，爱得过于沉重，一定要认真起来，便有些轻薄了，便让人不好承受了。 黄玲如此，袁桂兰也是如此。

我叫袁桂兰娘，她是燕家村的党支部副书记兼妇女主任。 我和娘和大娘住在一起。 大娘是大伯的妻子，在县里当干部。 大娘那年在燕家村搞社教，就住在家里。 大伯那时已经当了地委书记，很忙的，不常常回来。

大伯是我的家族中很了不起的人物。 大伯 1958 年至 1962 年当过我们那个地区的地委书记。

大伯最辉煌的历史就是跟毛主席合过影。 那张照片我见过。 大伯死后，地区组织部的人把照片连同底片一并收走了。 1976 年毛主席逝世后，地区的日报上刊出过这张照片，只是被做了技术处理，上面只有毛主席，大伯不见了。1986 年，纪念毛主席逝世十周年，这张照片重新刊出，才有了大伯的形象。

　　这张照片是新华社的记者拍摄的，毛主席站在麦田里，戴一顶草帽，穿一件白衬衣，慈祥地笑着，是全国人民都熟悉的那种伟大的慈祥，白衬衣的肘弯处，有两块补丁，很打眼，裤腿高高地挽过膝盖。　大伯站在主席的右侧，穿得很整齐，是那种当时十分流行的中山装，裤腿有笔直的裤线。　头发刚刚理过，很整齐，发型很土气，没有留鬓角，样子十分滑稽，好像是一个扣在头上的黑锅盖。　大伯张嘴笑着，笑得很傻气，是那种很幸福又很小心的笑。　那年是"大跃进"，毛主席来这个县视察，在地头和大伯合影的。　大伯那时是苍山县县委书记。

　　大娘回忆说，当时地委通知，只说是中央首长要来视察，可谁也没想到会是毛主席来。　大伯两天两夜没睡觉，白天下地参加劳动，晚上在办公室里点灯熬眼背材料，准备汇报。　那天的上午，大伯正在地里浇水，弄得浑身的泥泥水水，很狼狈。　地区的一个副专员风风火火开着一辆吉普车赶到地头，扯着嗓子吼大伯。　大伯就挑着水桶，跑过来。　这才知道是毛主席来了。　大伯慌得扔了水桶，连丢在地头的鞋也没有来得及穿，就赤着一双泥脚上了副专员的车。　谁也不曾想到，大伯这一双泥脚后来就有了名堂。

　　那天，所有地委的干部和省委领导都在路边静候着。　初夏的风暖暖地吹着，人们却都觉得内心有一种说不出的燥热。　不知是谁喊了一声：来了啊。　人们就看到远远地有几辆吉姆汽车沿着乡间的土道开了过来，扬起阵阵黄尘。　车停稳，先是几个工作人员下来，然后就有一个高大的男人走下来。有人惊呼一声：毛主席。省委的领导和地委的主要领导迎上去。毛主席和他们握了手，就用浓重的湘音问道：本方土地可在？省委书记就看地委书记，地委书记就低声喊：秦志达，秦志达快过来。大伯就忙从人群外面慌慌地应一声：我在哩。众人就闪开一条道，大伯就战战兢兢走过来。地委书记见大伯一身泥水，裤子挽过了膝盖，没穿鞋，脚上都是泥，就低声埋怨：你怎么搞的嘛？大伯就尴尬地站在了那里。

毛主席就笑道：县太爷，毛泽东今日要打扰了。就伸出手跟大伯握。大伯两只手上都是泥，就慌得不知如何是好，手就被毛主席握住了。大伯就口吃起来：主席，我这手脏啊。毛主席就笑：那你就是一个赃官喽。你刮地皮了吗？大伯一时怔住了。主席就说：一年清知府，十万雪花银啊。开句玩笑。大家就都笑了，大伯也就跟着笑了，心里就松了一口气。毛主席打量了一下大伯，就问：你是刚刚下田了？大伯点头：是的。主席问：你的鞋子呢？大伯不好意思地说：报告主席，刚才乱跑，忘到田边了。主席就笑着朝田里走，大伯慌慌地跟在后边。主席就问：你这个泥腿子县太爷，可知道贵县出过什么大人物啊？天宝八年，李太白曾路过此地，对贵县印象不佳啊。

把大伯问得哑口无言。主席就对大伯讲了一段李白的故事。又对大伯说，当中国共产党的干部，应该读读中国历史，否则就当不好共产党的干部。 后来，大伯让人给他买来内部版的《二十四史》，堆在他那间宽大的书房里，还有《红楼梦》什么的。 大伯死后，这些由大娘保管，我曾去翻过，书皮都已经泛黄，里边却都是新新的，书的主人肯定没有看过。 一屋子书就那样神气活现地立在那里。 我不解，大伯没有看这些书，却为什么要买这些书？ 为了装装样子，还是他根本就看不懂这些书？ 他一生追随伟人，却无法效仿伟人。 大娘曾苦笑着对我说：你大伯就不是读书的材料。

第二天上午，趁毛主席睡觉的时候，地委书记让大伯赶快去理了发，并让大伯去商店买了一件蓝呢子的中山装。 毛主席一觉醒来，看到换了装束的大伯，就笑着摇头：不好，不好。 不像一个泥腿子了啊。 大伯当时尴尬极了，就穿着这身新衣服跟毛主席去麦田，跟毛主席合了那张影。 那天晚上，毛主席召集省和地区的领导开会，主席讲要保护群众的积极性，讲到快天亮的时候，大家都饿了，毛主席就让大伯请大家吃饭。 主席对大伯笑道：县太爷，肚子要闹革命喽，我出钱，你请大家的客。 大伯笑着就要去安排饭。 主席笑着喊住大伯：我出门匆忙，没有好多钱，就请大家每人吃一碗面条。 大伯就愣了。 主席又笑道：我是管吃不管饱，就这样。 结果大家都没有吃饱。 吃罢饭，大家空着半个肚子继续开会。 散会时大伯悄悄问主席，为什么不让大家吃饱？主席淡淡地道：我就是要让大家饿饿饭的，你们都是一方诸侯，各有地盘，自然不会饿饭。 饿一饿饭，尝一尝挨饿的滋味，就会知道老百姓的日子。 大伯怔怔的。

　　毛主席走后，大伯就把那件中山装锁了起来，到死再也没有穿过，而且再也没有穿过一件新衣服。 大伯常常说：知道吗？ 毛主席的衬衣打着补丁啊。 大娘说，大伯每每讲起这件事，眼睛总是湿湿的。

　　毛主席视察了之后，就在中央工作会议上表扬了大伯，说大伯是一个"泥腿子县太爷"。 大伯由此大红大紫起来，很快就调到地委当了书记。 于是，大伯就更加拼命地"放卫星"了。 听大娘讲，大伯1958年整整一年没有回家，各县跑，亲自指挥上山伐木开山造田、大炼钢铁。 有时就住在山上，累得一度吐了血，仍然拄着一根棍子在山上转，像一头凶凶的豹子，在山上吼。 一些新闻单位的记者就蜂拥而来，采访这位泥腿子书记。 于是，中央、省、地区的报纸上，常常有大伯的名字和新闻照片出现。

　　然而，生活却无情地嘲讽了大伯。 1960年，我们这个地区饿死人的数量，在全国是名列前茅的。 苍山县的死亡率占全地区的榜首。 1962年，中央开会，省委书记去了，回来后，省委开会传达中央会议精神。 省委书记对大伯说：主席要我替他问候你，他说要找你算账哩，你那个地区怎么会饿死那么多人啊？

　　大伯脸色苍白，一句话也说不出。 回来后不久，就住了医院。 再不久，就死了。 一个人的生命，真像是一片树叶，刚刚还是绿绿的，一阵风过后，却说黄就黄，说落就落了。而且人一死，就什么也没有了啊。

我常常想，大伯应该是吓死的。大伯临死前，对大娘说：不要给我穿鞋，主席说我是泥腿子县太爷。就让我光着脚走吧。于是，大伯就被光着脚装进了棺材。

大伯的儿子女儿都在农村，直到大伯死，也没能把户口转到城里。大伯生前曾说：都想进城，那谁来种地啊？我是领导，我就要带头让孩子在农村扎根。大娘1982年离休。她曾在地区水利局当办公室主任，离休后，把户口迁回了老家。地区老干部局按政策给她一笔安家费，可大娘没要这笔钱，把这笔钱捐给了地区养老院。

大伯的两个儿子现在都当了爷爷，始终在农村务农。大伯的三个孙子这几年常常进城跑买卖，到我家里来过几回。喝多了酒，就骂他们的爷爷：那老爷子太死心眼。当了那么大的官，还把一家子丢在农村。我听了，心里十分感慨：如果大伯地下有知，他该做何感想呢？

前几年，听说县里卖户口，一万块钱一个，大伯的几个孙子都买了户口搬到县城去了。只是大伯的两个儿子都没有进县城。大娘也没有进城。听说孙子们还和我那两个堂哥吵了一架。

1960年夏天的一个阴阴沉沉的日子，仿佛老天爷有着无限的心事。我被袁娘接回了父亲的家乡。那天我跟着袁娘在县城下了车，又步行了十余里山路，才到了燕家村。我就看到了燕家村的土房和草房，全是黄土泥墙，远远地就像一群黄牛呆呆地卧在那里晒太阳。 太阳光烈烈地泼下来，黄牛们便周身闪着金光。 走近了，才看出那是墙上的黄泥中拌有麦秸，麦秸在阳光下黄灿灿的。 一个中年汉子站在村口迎住我们。 袁娘叫了一声三哥，又对我说，这是你三伯。 我就怯生生地叫了一声三伯，三伯哈哈笑了，我发现三伯长得很像我父亲。 三伯就很亲热地背起我往村里走。 我后来才知道，三伯是被罢了官，回乡养病的。 三伯走了几步回头对袁娘笑道：天太热了，到村前的井上喝口水再走吧。 我们就去了村前一眼井上去喝水。 那口井前是一座大庙。 三伯苦笑道：全村就这一眼井有水了啊。 也许真是这庙里的灵气护佑啊。

村前这一座大庙，叫燕王庙。 这座庙方圆百里有名，常常有人来进香。 传说这座古庙是北魏时的建筑，很是有些来历。 也有的说，此庙是唐代一个一生坚持克己复礼的官僚的纪念馆。 这位官僚姓燕，燕家村是他的封地，如此说来，燕家村都是他的后人了。 可是燕家村三百余户人家偏偏就没有一个姓燕的。 很怪的。

庙门前有一块石碑，上边刻写着密密麻麻的隶书小字，我到燕家村那年看到过。 听大人们讲，上边刻着燕家村的村约。 村约要求村民们克己复礼，非礼勿视，非礼勿动，非礼勿做什么的。 我看不懂，大概就是这些意思。 等我能看懂的时候，这块碑已经不在了。

　　碑文规定，凡是违反村约的，都要自缚在碑前，不进水米，暴晒三日。重犯者，还要在碑前给以杖责，以警百生。如此说，这座石碑又是燕家村人自设公堂的地方了。据老人们传说，燕家村百年间的记载中，从未发生过偷窃的事情。

　　1958年村上修水渠，要拆去这座庙。那年毛主席来县里视察，说这座庙是一个古迹，要保护。人们就不敢再拆了。县里还拨了专款修整了一下。到"文化大革命"，这座庙被从城里赶来的红卫兵给拆了。拆下的砖头，被村里人弄回去或垒了猪圈或砌了鸡窝。"文革"后，乡里几次提议重修燕王庙，可是县上没有钱，只好作罢。前年，燕家村里的几家富户，私下合计重修燕王庙。于是，村里的大户纷纷解囊捐款。其中包括大伯的两个儿子。于是，重金从城内请来了几个高级工艺美术师，先画图，再设计修改，反反复复弄了小一年的光景，才定下稿子。然后就从城内请来包工队，叮叮当当干了三个多月，一座华丽的寺庙重新盖了起来。听说竣工那天，县里的干部们都来剪彩，还请了县里的剧团来唱了两天大戏，唱的是《二进宫》《捉放曹》什么的。寺庙前还立了一块石碑，本来说要重新刻写上燕家村的村约，可是村中竟无一个人能背下那几百字的村约了。石碑就显得有些大而无当了。上边就只好刻写了捐资修庙人的名单，大伯的两个儿子显显赫赫地写在了前面。

　　当时，村里也给我写了信，让我回去助兴。我因为到外地采访就没有回去。过了些日子，我回去看了看，燕王庙真是成了苍山县的一景，首先方圆百里前来烧香许愿的就摩肩接踵，庙前庙后都是集市了，叫卖声轰轰乱响。 县委宣传部的李部长陪着我，笑道：这叫文化搭台，经济唱戏啊。 现在乡里发展经济，这也是一个好办法。 我笑笑，没有说话。李部长就挺干的，就扯我去乡里喝酒。

那场酒喝得昏天黑地，李部长喝得烂醉如泥。 大伯的两个儿子一个劲猛灌县公安局的一个副局长，请他放一个什么人出来。 我没听清楚。 好像那个人是燕家村现任党支部书记的儿子，因为偷了什么被抓起来了。 那个副局长一口答应。 于是，又是乱喝一气。

我觉得没趣，就走出来，又来到燕王庙。 时值黄昏，集市已然散了。 燕王庙前只有两个老者在打扫卫生，尘土飞扬。 庙前的那块碑在飞扬的尘土中，显得脏兮兮的，还有一些好像是鼻涕之类的浑浊的黏液被人涂抹在上边，显得十分尴尬。

我久久站立在这座华丽堂皇的寺庙前，暮色已经涌上来，我的视野里袭来一阵阵凄凉，我的心也随之一分分地下沉，我感觉我在咀嚼一种文化的苦涩。 田野里寂静无声，暮色中的村庄浮动着一片浑浊的哀切。 我终于明白，岂止是那座石碑没有了，我记忆中的那座古庙也确确实实不存在了。现在我看到的，只是一个现代人精心装饰的仿本。

那场大饥饿来得的确太突然了。

我随袁娘回到老家的这一年，县里几乎是绝收。 先是大旱，地裂得像小孩子嘴，张张着。 太阳烤上去，吱吱地冒烟。 紧接着是一场蝗灾。 据说旱灾蝗灾已经像风一样呼呼地刮遍了北方几个省份。

这一年，公社的食堂还没有解散，但也已经是冷锅冷灶了。"大跃进"那股狂热已经降到冰点。

真像是一场噩梦，田野里什么也不长，老天爷不下一场雨，只有村东那几十亩地种上了地瓜，半死不活的地瓜秧，跟"四类分子"一样的表情。 四面的山上和沟里，已经见不到绿色，凡是可以果腹的东西，统统被人们用作了代食品。

我每天要走五里路，去公社办的小学上课。 我那年上小学三年级了，至今记得我们的老师是一个面色黄黄的年轻女教师，姓苗。 她天天给我们讲课，晕倒在课堂上好几回，每天都空出两三节课的样子，带着我们去田野里挖野菜，因为全公社已经因误食有毒的野菜，死了很多人了，所以只能让教师带着去挖，才知道哪些能吃，哪些不能吃。 我记得有种叫作"月儿"的野菜，名字十分好听，毒性却十分厉害，人吃下去后三两个时辰，浑身奇痒，接着出现豆粒大的紫水泡，抓破了之后，身上就溃烂，无药可医。 人死之后，骨头都是黑色的，可见奇毒无比。 我的两个同学，都是眼睁睁地被"月儿"毒死的。 当野菜被人们挖光的时候，我们便去跟老师捋树叶。 最好吃的是榆树叶。 杨树叶和柳树叶等，要用水浸上几个日夜，去掉那种苦涩的味道，再稍稍放上一点面，上锅去蒸。 树叶很快就吃光了，就吃树皮。 树皮中最好的是榆树皮，扒下来，晒干，放到碾盘上碾成粉状，掺上野菜，就算是上好的食品了。 还有杨树皮、柳树皮，味道就差多了。 很快，学校的小树林里的树皮都被剥光了，月光下，就像一群赤身裸体的人站在那里，有时猫头鹰就在那白光光的树林中哀哀地叫上一夜，听得人心颤颤的。 这种感觉我至今还有，我从不养猫，我不知道猫与猫头鹰是不是一类，但我怕猫，很怕，尤其是怕听猫叫。

苗老师常常给我们讲述共产主义的远景。 我至今记得这样几句：共产主义就是楼上楼下、电灯电话。 每天每顿吃苹果，每天每顿吃鸡蛋。 我记得每次听苗老师讲这些美丽而又幸福的远景时，我的口水便悄悄淌下来。

村里已经听不到鸡鸣狗叫，也看不到炊烟。 生活似乎已经没有了生气，只剩下了难挨的日子。 天天都有饿死的人被拖出村去，埋在村东面的坟地里。 人们整日都是傻傻的表情，两眼灰蒙蒙的，空空洞洞，木了一样，没有了哭声，或者人们已经没有力气哭。 整个村子陷入一种死静。

三伯终日闲在屋里写他的书，多少年之后，我才知道，三伯原来是一个挺大的干部。

父亲一共兄弟五人，父亲排行老五。 因为我的爷爷与村中的举人有仇，爷爷被举人害死，于是，父亲五兄弟都参加了红军。 二伯和四伯先后在战争中牺牲了。

三伯进城后，在北方一个城市当了市委书记。 三伯很能干的，据说他可以三天三夜不睡，可以一口气处理上百件案子，且不出差错。　现仍健在的一位中央领导同志当时就夸奖三伯，说他非百里之才。　三伯本可以升到更高官位，可惜他被一个战友带累断送了前程。

这个战友名叫曹双。　曹双当时是那个城市的副市长兼公安局长。　我曾听三伯说曹双是个独眼龙，那只眼睛被日本人的刺刀捅瞎了。　曹双爱喝酒，爱说下流话，爱发火。　解放那几年工作十分出色，镇压反革命，惩治不法资本家，干得挺带劲，很受市民们的欢迎。　曹双还好色。　据说，当时市委有几个女干部都跟他有染。　如果曹双是一个一般的干部，也就罢了，可他偏偏是一个有着很大权力的市委领导，于是，这一个很多男人几乎共有的毛病，就给他带来了危险。

曹双先是看上了一个姓于的中学女教员，他是到下面视察工作时，发现了于教员长得漂亮，就动了心，就指名要于老师到他的办公室当秘书。　那个于老师就神神气气地到曹双的办公室上班了。　三伯知道了，不同意，三伯说那个于老师过去是个交际花，在日伪时期有劣迹。　三伯就把于老师调了回去，理由是教育部门缺人。　曹双不高兴，说三伯不支持他的工作。　曹双资历比三伯老，不怕三伯。　三伯这一回却发了火：老曹，你是有家室的人，市委几个女的已经让你给搞得乱了套，你还要怎样搞？　曹双只好悻悻地作罢。

市里有个名角，叫边彩玉，唱青衣的，唱得绝好。　曹双喜欢得不行，每每边彩玉演出，曹双都要去捧场。　有些戏迷

"河北三驾马车"（左起：关仁山、谈歌、何申）

"河北三驾马车"（左起：谈歌、何申、关仁山）

就看出了名堂，私下说曹书记要栽倒在边彩玉的脚下了。　果然就出了事。

　　那天，曹双吃了酒，就带着警卫员去听戏。　戏散了，曹双就上台跟演员们握手，还邀边彩玉到公安局去演一个夜场。　边彩玉就去了。

　　到了公安局，夜已经很深了。　边彩玉唱了一出折子戏，就要回去，曹双就让别人先走，要留下边彩玉谈谈话。　边彩玉赔笑说：今天太晚了，曹书记要休息啊。　曹双就黑下脸来：我找你谈工作，晚什么晚。　边彩玉就不敢再说，就跟曹双到了一间办公室。　曹双进了门就笑：你要是不想谈就不谈了吧，你再给老曹我唱一段吧。　边彩玉就唱了一段。　唱着唱着，曹双的酒劲就涌上来，就扑过去抱住了边彩玉，边彩玉吓得喊起来。　曹双就更来了劲，笑道：别叫别叫。　就按住边彩玉脱衣服。　值班的副局长就闯过来，劝开了曹双，边彩玉已经让曹双扒得只剩下内衣了。　曹双正在兴头上，破口大骂副局长：你给老子滚出去。　副局长给边彩玉递一个眼色，边彩玉抓过衣服跑了。　曹双的好事就没有做成。　第二天，曹双的酒醒了，就有点后悔，让警卫员去给边彩玉道歉。　警卫员去了回来说，坏了，边彩玉罢演了。

　　这就掀起了一场轩然大波。　城内的艺人们为此事表示出极大的愤怒。　共产党刚刚进城就这样了，跟国民党还有什么两样啊。　就有人给边彩玉出主意，不能这样就算了，告！

　　就告到了三伯那里。　三伯就让曹双写检查，让他公开向边彩玉道歉。 曹双自知理亏，就到边彩玉那里去道歉。 本来事情到了这一步也就算了，可是有人背后给边彩玉出主意，让她继续往省里告。 于是，边彩玉就不见曹双，往省里告了曹双。

到底是谁给边彩玉出的主意，这件事一直到了"文革"时才抖搂出来，边彩玉的后台就是当时的副书记。 因为平日曹双跋扈得很，在市里除了三伯之外，谁也不放在眼里，据说个个市领导都挨过他的骂。 那个副书记是个知识分子，脸皮很薄，曾让曹双骂过几回。 曹双说过完了，那个副书记却记在了心里，抓住这件事情做开了文章，给边彩玉出了许多欲置曹双于死地的办法。 所以说，边彩玉的事件，跟当时的政治斗争联系在一起，就带有了阴谋的色彩。

省里派来了人，调查曹双的事情。 问过之后，也认为没有发生什么事情，就想大事化小、小事化了算了。 省里的同志和三伯一同找过边彩玉几次，请她接受曹双的道歉。 但是，边彩玉不依不饶。

三伯火了，对着边彩玉嚷开了：又没有发生什么事情，莫非还要把老曹的脑袋揪给你才解恨吗？ 省里的同志也认为边彩玉有些过分了。 边彩玉有些吃不住劲，就表示不再告了。 省里也准备给曹双党内处分。 事情就要结束。

谁知这时候又出来个姓于的女人告曹双。 这个女人就是曹双要调来当秘书的那个中学教师。 这个女人告状说曹双强奸过她。

平地一声雷，省里的同志和三伯一下子都蒙了。

三伯就去找曹双，问他是否有过此事。

曹双涨红着脸，闷下头不讲话。

三伯大怒，把桌子拍得山响：老曹，咱们都是提着脑袋干了几十年的人，大丈夫敢做敢当，你到底怎么那娘儿们了？

曹双咬牙切齿道：操他娘，老子让人涮了。她那回找我睡觉，我意志不坚定，就跟这个臭娘儿们睡了，她现在又来咬我。算我倒霉，随组织上怎么处理吧，我已经犯到了这份上，就没得话说了。

三伯恨得跺脚：老曹啊老曹，你怎么这么糊涂，这种人最难办了。你好好想想，莫要给自己头上扣屎盆哟。

三伯就有指点曹双赖账的意思。三伯后来说，他当时已经感觉有人在这个女人身后当孔明，否则一个那样的女人是绝不敢来告曹双的。而且这种事情，只要一方咬住牙不认，谁也没有办法的。不幸的是，曹双是一个热血汉子，不肯当缩头乌龟。这就把他自己逼上了绝路。曹双眼一瞪：我老曹敢做敢当，没得改口。

三伯一阵头晕，张张口，再也无话可说。

省里的同志就认为案情重大，不敢再保护曹双，把情况带回省里去了。

没过几天，省公安厅就来了人，抓了曹双。曹双不是一般干部，案子就报到了中央，据说报到了主席那里，毛主席批了四个字：杀一儆百。

三伯不知道这件事情已经惊动了中央，听说曹双被判了死刑，大吃一惊，曹双毕竟是南征北战的老干部，跟边彩玉没有做成事实，跟那个女教师纯属乱搞，双方自愿，强奸从何谈起？三伯就上书到省里，替曹双喊冤。

三伯哪里知道，省里也正在调查他的材料。那个副书记早就写好了材料递上去了，说曹双是在三伯的纵容下才无法无天的。三伯很快就被省里来人宣布停职了。

一位副省长亲自来到 A 城，监斩曹双。

这期间，曹双被判死刑的消息就传开了。A 城的市民就惊呆了。人们纷纷上书，要求保释曹双。这就是建国初期 A 城"万民上书保市长事件"的来龙去脉。

几个白发苍苍的老者，手持着近万名市民签名的折子，找到市委招待所，求见那位副省长，说曹双为 A 城做了不少好事，还年轻，请求让他戴罪立功。几个老人就齐齐地给副省长跪下了。这一跪惊天动地。副省长泪就往下淌，颤巍巍地伸手扶起几个老者，叹道：共产党不能让共产党给毁了啊。

箭在弦上，已不可逆转。

经省委研究，执行判决秘密进行，不开公判大会。公费安葬。子女由国家抚养到参加工作的年龄。

枪毙曹双的头一天，副省长代表省长来看曹双。副省长递给曹双一支烟：省长让我来看看你，问你还有什么事情？

　　曹双闷闷地抽烟，最后把烟头捻死，抬头道：请告诉首长，我没有什么事，我曹双给组织丢人了，该杀。只是，秦市长不该吃我的牵累。

　　副省长道：老秦的问题你不要管了。

　　曹双停了一刻：我能喊几句口号吗？

　　副省长想了想：不行。

　　曹双就落了泪：请告诉战友们，莫学我曹双。

　　副省长道：省委已经发了通报，让大家记住你的教训。

　　曹双点头道：那就好，那就好。

　　副省长退出来。回到招待所，打电话喊来三伯：曹双明天就要行刑了，你去送送他。他喜欢喝酒。

　　三伯想了想：影响好吗？

　　副省长好久没有说话，好一刻才重重地吐出一句话：不声张。

　　三伯就买了几斤好酒，夜里就去了看守所。

　　曹双看到三伯，就红着脸道：老秦，我带累你了。

　　三伯摇头道：不提这个了，我今夜来跟你痛饮几杯。

　　曹双笑道：你怕不是我的对手。

　　三伯也笑：莫吹牛。

　　二人就划拳行令，直到天亮，皆喝得大醉。

　　毙了曹双，边彩玉和那个女教师在 A 城待不下去了。市民们不能容忍两个女人毁了一个挺得人心的副市长。边彩玉的家门口常常被人倒粪便。她在台上演出时，也常常有人往台上扔砖头，闹得很不像话。公安局竟抓不住这些闹事的。

边彩玉只好离开了 A 市，去了北京。她在北京唱得挺红。但她再也没有来过 A 市。她死于"文革"初期，传说是让红卫兵拉去批斗时，给剃了阴阳头，她气愤不过，一头栽下台子，登时毙命。

那个于教师也在学校教不下书去了。总有人骂她是破鞋。有一天，有人在她的家门口挂了一只旧鞋，她气恼地揪了下来，然后就破口大骂。骂到后来，就哈哈乱笑，笑完了，就疯了。后来就在城里乱跑，再后来城里就不见她的影子，不知所终。

四十年之后，我曾到 A 市采访这件事。几个老人淡淡地说：当时共产党在人们心目中的威信很高，两个女人生生毁了一个共产党的干部，谁能不恨啊。那时共产党严厉得很啊，现在要是还像当年那样就好了啊。

这是一种沉重的牢骚。沉重得让人不好承受。

曹双只有一个儿子曹迪，曹双被杀之后，曹迪一直由政府抚养，后来上了大学。我前年在海南见过曹迪，长得五大三粗的一个中年汉子。我没见过曹双，可仍相信他身上有着曹双的影子，曹双应该是这种威风凛凛的样子的。曹迪在一家合资公司任总经理，我见到他，提到了我三伯的名字，曹迪哈哈大笑。之后，热情地款待了我。他向我介绍他的公司，说得兴致勃勃，却只字不提他的父亲。

临别那天，他为我饯行，在一家挺豪华的酒店摆了一桌豪华得让我眼花缭乱的酒席，他只带他的一个女秘书陪我吃饭。曹迪那天喝得醉了，问道：你是要写我爸爸吧？

我听得一愣，笑了笑。我不知道他是什么意思。

曹迪淡淡一笑：其实我爸爸是撞在枪口上了。你想想，当时共产党刚刚打下天下，不那样干行吗？要是按照我爸爸那个罪过就枪毙，我现在还不知道已经被枪毙几回了呢。说罢，他哈哈大笑起来。

我点头道：曹伯伯其实挺可惜的，我三伯说他是一个很能干的人呢。

曹迪笑道：我现在玩过的女人，我父亲的在天之灵或许想也不敢想。他拍拍手，就有一个年轻女子走进来，当着我和曹迪那个女秘书的面，毫不羞臊地坐在了曹的腿上，并在曹迪的脸上身上乱摸乱啃着。

我愣了愣，就有些坐不住了。那个女秘书似乎司空见惯，毫无表情，专心致志地对付着桌上的酒菜。

曹迪笑道：你信不信？这已经是我玩过的第二百三十七个女人了。说着，就掀开那女子的衣服，揉搓那女人的乳房。那女子立刻就发出快乐的呻吟声。

我立刻头疼欲裂了，我记不得我是怎样离开的。我回到宾馆，收拾了行装，当天就离开了海南。后来，我见到三伯，提起了这件事。三伯淡淡笑道：小曹这些年一直仇恨我哩。我有些醒悟，曹迪是在向我示威，或者是向那个年代示威吧。

三伯不再说，转身走到桌案前，提起笔来，在宣纸上泼墨。我看着三伯仍然很直的背，他身上还是那身洗得发白的旧军衣，已经打了几处补丁。三伯"文革"后出任某省的副书记，可他没有去上任，就告病回家休息了。他晚年著书立说，写字画画，悠哉游哉。

我总感到三伯同时代保持着一定的距离，他老了。历史已经把他抛到了社会的边缘地带。他在寂寞中守护着一种圣洁的东西，他不为汹涌而来的时代大潮所动，他的生存本身就对时代的进程发生着有益的制衡作用。三伯到死也不会有惶惶不安的样子，他应该是一个智者。领袖无有民众不成其为领袖，导师没有弟子不能成为导师，但是对于智者来说，只要他守护着人类最基本的精神价值，即使没有人知道他，他仍是一个智者。三伯至今淡泊地活着，今年八十九岁。（我这篇稿子杀青之时，传来三伯去世的消息。前天晚上，三伯在桌案前写字，突然直直地倒下了，等干休所的医生匆匆赶来时，三伯已经没有了心跳，真是无疾而终。享年九十岁。）

这里还要交代三伯的一个情节。

曹双被枪毙后，三伯便赋闲在家。他身体不好，身上有三处弹片没能取出，就由此歇了病假，在家写书。三伯在我的家族中，是文化最高的。他上过师范，在延安抗大教过书，曾被视为我们党内的秀才。他还跟毛主席很熟悉。因为曹双的问题三伯翻了船，就安心在家写书了，到了 1959 年，他的一本《先秦诸子百家论》已经出版了。

1962 年冬天，毛主席到南方巡视，途经 A 市，或者是想到了三伯，就打听：那个秦秀才哪里去了？ 我拜读过他的一本《先秦诸子百家论》。 很好。

A 市领导就谈了三伯的情况。

毛主席就笑：脑壳顽固不化，找他来见我，我给他开通开通。

三伯就被引来见主席。

毛主席笑：听说你要当陶渊明，可惜你生不逢时啊。

据三伯后来回忆，毛主席跟三伯谈了他那本书，提了一些意见和建议。 毛主席后来就要三伯出来工作。 三伯说，他要写完下一本书再说。 毛主席就笑：我从不强人所难，或者你真会成为我党的司马迁。 但是我还是要劝你研究一下中国当代的经济问题，我们十分缺乏这样的专家，只有一个陈云同志，是很不够的。"仓廪实而知礼仪。"是不是这样？古人这样说，我不大相信。 我想你还是研究一下农民的状况，农民的问题。 你还是要出来工作，现在重要的是工作，而不是书本。 你好像有什么情绪嘛？

三伯就旧话重提，讲到了曹双的事情，认为处理太重了。

毛主席静静地听完了，点点头，叹道：我们杀了几个有功之臣，也是万般无奈。 我建议你再重读一下《资治通鉴》，治国就是治吏，礼义廉耻，国之四维，四维不张，国将不国。 如果臣下一个个都寡廉鲜耻，贪污无度，胡作非为，而国家还没有办法治理他们，那么天下一定大乱，老百姓一定要当李自成。 国民党是这样，共产党也是这样。 杀张子善、刘青山时，我讲过，杀了他们就是救了二百个、二千个、二万个啊。 我说过的，杀人不是割韭菜，要慎之又慎。 但是事出无奈，不得已啊。 问题若是成了堆，就要积重难返了啊。 主席的声音有些发涩。

三伯听得呆了。 窗外的北风呼呼响着，锈铁般的枯枝发出海潮般的啸声。

毛主席看着三伯，缓缓地道：你研究历史，不知道你对明史是怎么看的？ 崇祯皇帝是个好皇帝，可他面对那样一个烂摊子，只好哭天抹泪了哟。 我们共产党不是明朝的崇祯，我们绝不会腐败到那种程度，不会。 谁要是搞腐败那一套，我毛泽东就割谁的脑袋。 我毛泽东若腐败，人民就割我毛泽东的脑袋。

三伯怔怔地。 他后来对我讲，他当时感觉毛主席像一座高山一样矗立在他的面前。

毛主席走后不久，三伯调A省任副省长。 是时1963年春天，中国已经远离了那个可怕的荒年。 但另一个可怕的年代正在悄悄向人们走来。

1960年夏天，村里的食堂已经办不下去，只好解散了。

各家各户重新起了炉灶，只是稀少了炊烟。

每天都有人死去。时值盛夏，田野里已经没有了绿色的植物，以至连树根、草根，凡能够咀嚼的东西，统统被人们拿来充填了肚皮。可是村里的红薯地，却没有人去挖。村里杜二娘七岁的儿子杜小山饿得撑不住，半夜到地里摸了一块红薯，就狼似的吞起来。不承想被偷偷跟踪来的杜二娘从后面一把夺过去了，一向温和的杜二娘变得狰狞极了，嘴里骂着：你个贼崽子，几时学会偷了。就乱打起来，杜小山立刻鬼叫起来。等村人赶来拉开疯了似的杜二娘，杜小山已经被打得浑身是血，一张小嘴被二娘拧得烂烂的，昏死过去了。杜二娘凄惨的声音在村里炸响着：燕家村可从没出过贼啊，为什么就让我家遇到了啊，这叫我如何在村里做人啊。小山啊，你丢了祖宗的脸面啊。呜呜。

那天，大伯从地区回来，在地里转了转，就把村支书志河喊来了，听了志河的汇报，就让志河带着乡亲们把地里的红薯挖掉。

志河惊讶地摇头道：还没熟啊。

大伯恼怒地骂道：你浑了，真要到人都饿死的时候，才算熟了吗？

志河也有些火了：哥，你是大官，要说你去说嘛。就转身偬偬地走了。

那天黄昏，大娘也从县上回来了，进了门，就软软地坐在院中的石板上，脸黄黄的，喘着。大娘很少回来，我们几个孩子天天盼着她回来，因为她每次回来，总能给我们带回一些吃的。

我们几个孩子拥过来，饥饿的目光狼一样盯着大娘。 大娘看懂了我们的目光，歉意地笑笑：这回没带回来吃的，玩去吧。

孩子们失望地走开了，大娘轻声地喊住我，等别的孩子走尽了，从怀里掏出一块烤红薯塞给我。 我记得那块烤红薯是黄绿色的，其间有许多坏了的苦丁。 我至今常常在梦中忆起那种诱人的颜色。

大娘对我说：吃吧，快点吃吧。

我晕晕地看着大娘，怯怯地接过来。 刚刚咬了一口，突然身后伸过来一只大手，夺走了那块红薯。 我回过头，竟是大伯，硬硬的目光盯着我。

你回来了。 大娘朝大伯笑道。

大伯不理大娘，凶凶地问我：哪儿来的？

我的几个哥姐听到了大伯的吼声，都拥过来，狼一样的眼睛盯着我。 我至今记得那目光中有许多仇恨。

大伯骂道：是从地里偷来的吧，你这个贼崽子。

大娘急忙说：你怎么这样骂孩子啊。

你还护着她不成？ 大伯一扬手，给了大娘一记耳光。

大家都愣了。

大娘嘴角就冒出血来，跳脚跟大伯吼起来：你不问问清楚，就打人啊。

大伯骂：我打你给他们看的。 看谁敢去偷。

我突然扑过去，狠狠咬住大伯的手。 我恨透了他。 大伯被我咬得疼了，一甩手，我就飞了出去。

死崽子，看我不打死你。 大伯冲过来，扬扬手，威吓着我。

袁娘跑过来，拉住大伯：你也不问问明白，这块红薯是大嫂从县里带回来的。

大伯就怔住，看看大娘，声音一下子软下来：你说清楚嘛。

大娘一下子哭了：你容人讲话吗？

大伯摸摸我的头。 我抬手挡开了。

大伯叹口气，转身出去了。

三伯缓缓走出屋子，走到我的身边，抚摸着我的头，用低低的声音道：孩子，别怪你大伯。 说罢，再也无话，就踱出院门。

月亮胆怯怯地从云层后面露出头来，一张惨白惨白的脸，显得消瘦极了，很快又淹死在黑黑的云朵里了。

当天夜里，志河站在村委会的房顶上，拿着喇叭嘶哑地喊话，要社员们到村里的东大场上去开会，秦书记要讲话。村民们就去了，见大伯早早等在了场上。 志河、袁娘几个村干部呆呆地站在大伯身边。 大伯身边放着一张木桌，桌上燃着几支昏黄的土蜡，受惊似的烛光在夜风中慌慌地窜动着。

5

大伯看看人来得差不多了，就说：今夜开这个会，是告诉大家，村里已经决定了，让大家挖地里的红薯。村民们听得愣住了，直直地看着大伯。

大伯说：咱们活人不能让尿憋死啊，都把地里的东西挖了，不能眼睁睁看着饿饭啊。我听说杜二娘的孩子偷吃了地里的一块红薯，让杜二娘打得半死，这不好嘛，不怪孩子嘛。杜二娘来了没有？就有人喊：杜二娘，秦书记喊你哪，前边来。

瘦成一根柴似的杜二娘颤颤地走到前边，傻傻地看着大伯，社员们也都呆呆地看着大伯。大伯声音有些发涩，喑哑下来：二娘，我老秦替孩子给你道歉了。说罢，大伯突然弯下腰去，给杜二娘深深鞠了一躬。抬起头来，已是满脸的泪。

杜二娘哇一声哭了起来，猛转身跑出了会场。哭声在黑黑的旷野里响得烈。没有人去劝杜二娘，村里人知道，杜二娘的孩子，昨天下晚已经死了。

袁娘带头喊了一声：去挖红薯啊。就转身向田野里走了。社员们紧紧随着袁娘，拥进了田野，空荡荡的场里，只剩下了孤单单的大伯，在那里久久地呆呆地站着。我不知道怎么突然觉得大伯变得十分可爱了。我没有随人们去挖红薯，我坐在空空的场上，远远地看着大伯。大伯也远远地看着我，脸上似笑非笑着。

不知道什么时候三伯也来了。大伯看了他一眼，似乎想说什么，可是什么也没有说。 三伯拉起我的手，往村里走了。 我感觉三伯的手冷冷地颤动。

黑黑的夜色像水一样在村道上沉沉地涌动着。

又过了两个月，就进入了 1960 年的冬天，寒风漫不经心地掠过已经没有多少生气的村子。 村里已经没有炊烟，整日整日地没有一点声息，像一座古墓那样可怕的寂静。

铺天盖地下了那年冬天第一场大雪，雪厚厚地盖在了田野中。 天晴了，刺眼的阳光在雪地里喘息着，让人听着心颤颤的。

那天，我一早醒来，见村里的人都拖着软软的身子去扫雪了。 袁娘也拖着浮肿的两条腿去扫雪了。 我吃了一碗用杨树叶子做成的饭，就去上学了。 道路已经被扫得干干净净，几个男人和女人扶着扫帚和铁锨软软地站在路旁看着我们，我认出他们是公社的干部。 雪都被堆在了道路两旁，路面已经露出了干松的黄土，散发着黄土的泥香，诱发着人们的食欲。 我一路上不时地抓着道旁的雪吃着，那天我吃了很多雪，我至今记得我那天的肚子像被人系紧了肠子一样，有些隐隐的疼痛。 我感觉要有什么事情发生了。 果然，在第一堂课，就歪倒在了课桌底下。 紧跟着，就歪倒了另外几个同学。 我是被苗老师背回家来的。

我醒来时，已经躺在了家里的土炕上。 袁娘正在喂我柴灰水，这是乡下治肚胀的一种土法。 我想坐起来，可是浑身一点力气也没有。 就呆呆地看着窗外，天已经黑下来了。 袁娘把一碗柴灰水端给我，让我喝了，就问我：还疼不疼了？ 柴灰水涩涩的，我直想呕，不想说话，就点点头。 这时就听到街门一响，院子里就传来志河的声音：五嫂在家吗？ 袁娘就应道：志河吧，快进来吧。

豆芽菜一样的志河就晃进门来，在屋中的土炕上坐下，伸过干柴一样的手，摸了摸我的头，叹了口气，问袁娘：大哥大嫂没回来？

袁娘叹一口气：听说苍南县好几个村子的人吃野菜中毒了，大哥去那里了，怕是一时半会儿回不来的。 大嫂过两天就回来，说是要在咱们村里下乡。

志河苦笑笑：五嫂，村里有人说要去逃荒哩。 你看这事？

袁娘闷了一下：不行，县上讲了，眼下全国都是这年景。 咱们去别人的地面上讨食，人家吃什么啊？ 让党员们去做做工作，一个人都不要去，不能给咱燕家村丢人败兴。 饿死一条命，丢了儿孙的脸啊。 那天县上的方书记就在会上这样讲的。 话重哟。

志河叹道：都阎王喊门的年景了，还顾什么儿孙的脸哟。 乱扯嘛。

袁娘叹口气：志河，咱们做干部的，莫要对乡亲们乱讲。

志河不再说话，就坐在院子里掏出一指用旧报纸撕成的烟纸，卷烟。 然后就凑近土蜡点燃，屋子里就升腾起一股菜叶子的味道。 那是用葵花叶子卷的烟。 那年代，村里的许多烟民就用它来替代烟草。

志河默默地吸完那支烟，把烟头放到脚下踩灭，对袁娘说：五嫂，有件事情我想跟你商量商量。

袁娘笑道：你说吧。

志河叹了口气：我也没有想好，那样做怕是要犯罪的。就垂下头。

袁娘怔了怔：我听别人说过了，你真敢想啊。

志河叹道：咱们当干部的，不能眼睁睁看着村里这么死人啊。

袁娘点点头：是啊，再想想办法吧。 那种事是万万不能干的啊。

志河说：我们当干部的，总不能让乡亲们一个个饿死啊。 就说不下去了。

袁娘默然无语，呆呆地看着志河。

志河道：县里传来了话，地区要修水库哩。 公社要咱们燕家村出三十名劳力哩。

袁娘道：我也听说了，村支部要去一个带队的哩，还是我去吧。 你婆娘有病，脱不开身的。

志河闷闷地说：其实我是真想去哩，在家天天费心呢。你一个妇道家，怎好去干那种力气活啊。

袁娘笑了：你小看我哩。 当年支前的时候，我一个人一口气背过一百多个伤号哩。

志河也笑：不敢小看嫂子哩。

袁娘说：就这样吧，我去水库。

志河说行，就抬起屁股走了。 我肚子里一阵乱叫，大概是那碗柴灰水发生作用了，就坐起来。 袁娘扶着我，我扶着墙去大解。 到了街上，就看到志河拖着疲疲沓沓的步子，消失在暗夜里了。 街道上，死一样的寂静，只有寒风呆呆傻傻地吹过去。

1960 年冬天，县委指示各公社抽调人力去修朝阳水库。朝阳水库至今仍是苍山县最大的一个水库，于 1963 年春天竣工。 或许今天的人们不可能想象，在那样一个饥饿的年代，政府竟然还能有这种举措。 燕家村抽调了三十名民工，在西北风呼叫着的一个早晨，到公社集合了。

我那天正在公社的学校上课呢。 听到敲锣打鼓的声音，我听不进去课了，一下课就跑到公社的大院里去看热闹。 就看到公社的院子已经挤满了人，各村来的民工都带着工具站在寒风里。 还有几面旗子在风中猎猎飘动着，发出哗哗啦啦的雄壮的声音。 院子的中央搭起来一个席棚子，算是主席台了。 上边还挂着一幅大标语，红纸黑字亮人眼目：让高山开道，让河水让路。

天阴阴的，好像要下雪的样子，我感觉有些冷，就想回去了。 刚刚要走，就听到有人叫我的名字。 我顺着声音一看，原来是袁娘。 袁娘笑道：援朝，你别走，一会儿我给你吃的。

我高兴地问：什么吃的啊？ 袁娘笑道：一会儿就知道了。

人群一阵躁动，有人说：来了来了。 袁娘也对我笑：你大伯来了。

我回头去看，见有几辆吉普车开进了公社大院，瘦干干的大伯跟县委的几个领导下了车，就上了主席台子。 公社的干部们就忙朝会场喊话：大家静一静了，秦书记来看望我们了。

天果然就下开了霏霏的细雪，我抬头看去，就觉得天上要是下白面该多好啊。 我至今记得当时这一个念头。 每当下雪的时候，我就想起这一个充满了理想色彩的比喻来。 这时，大伯就上了台子，开始讲话。

大伯站在高高的台子上，他眼前是数千名面呈菜色的乡亲。 小风呼呼地刮着，小雪花在人们头顶上落着。

大伯高声喊着：乡亲们，我老秦送你们出征来了。 我们苍山县，打败了日本鬼子，打走了蒋介石。 今天，共产党号召我们去修水库，我们一定不能让党失望。 人定胜天。 愚公移山。

人群一片寂静，谁也不说话，我听到大伯的声音在满天的飞雪里像冻石头一样硬硬的。

开罢了誓师大会，各村出征的劳力到公社的食堂领取菜饼子，每人两个，还有一碗热汤。 然后就出发。 袁娘带着我去领了两个菜饼子，把菜饼子塞给了我，她喝了那碗热汤。 她笑着对我说：娘去了，得走些日子哩。 你就跟着你三伯吧。

我只顾狼吞虎咽着那两个菜饼子，一边吃一边乱点着头，竟没有细细看看袁娘。 后来袁娘走了，大伯看到了我，走过来拍拍我的头说：援朝，快去送送你娘。

我醒过来，把最后一口菜饼子吞进肚里，就跑出院子，就听到一片敲锣打鼓的声响。 只见黄土道上，漫天飞雪，红旗飘飘，民工队伍浩浩荡荡地出发了。 我已经看不到袁娘在哪里了。

袁娘第二年春天才回来，只是那时袁娘已经不会说话了，一丝笑容在脸上僵住，似乎她突然有了一个什么念头，而这如烟一样的念头已经飘散了。 民工们抬回的是袁娘的尸体。 听民工们说，袁娘是生生累死在工地上的，她事事干在别人前边，还把干粮给别人。 那天，她顶着寒风挑河泥，就昏倒在河坝上，再也没有醒来。

给袁娘下葬那天，我默默地淌着泪，固执地坐在坟地里不走。 家里人劝不动我，就先走了。 我听着田野里的风低低地吹过来，听着风儿钻入坟土的声音。 我知道我再也没有袁娘了。 我哇地放声哭起来。

我常常想着一个问题。 关于精神与物质的关系，我们这些年或许过于强调了物质，精神在物质面前仿佛变成了一个受气的上不得席面的小媳妇儿。 可是我们不能忘记，我们的原子弹是在那个年代，人们勒紧裤带干出来的。 我们今天会狠狠嘲笑精神原子弹这句曾经风传一时的豪言壮语，可是历史偏偏开了这样一个一点儿也不幽默的玩笑。 我们先是有了精神的原子弹，才有了物质的原子弹。

如果说我们用血肉筑起朝阳水库，那么凝聚血肉的则是精神的原汁。

袁娘走后的第十天的夜里，志河在他家里开了一个民兵会。 第二天夜里，就胆大妄为地带着村里的民兵把公社的粮库打开了，弄出了十几袋玉米。 为此志河招来了杀身之祸。

我常常感慨，或者那天志河真是晕了头了，已经被饥饿煎熬得耐不住他那焦躁的性子了。 或者志河那天夜里跟几个民兵一定想了很久，终于他们做出那一项可怕的决定。 据村里曾经参与了那件事情的老人们回忆，志河叫他们去的时候，眼睛红红的像是冒血。 他们当然不会知道那时的志河，血管里的液体正在急涌奔流，志河已经决定了一件让全村人脸红至今的事情。

志河讲了想法，众人一下子都惊呆了，有人呆呆地问：这，可是犯法的事情啊。

志河惨惨一笑：我不能眼睁睁看着村里人一个个就这样死去。 咱们是借，借还不行吗？ 那么多种子粮在粮库里闲下一冬也是闲着，咱们借借还不行吗？ 他空空的目光四下看着，渐渐，他的眼睛红了起来，渐渐就红得像浇了鸡血一样，恶恶地盯着众人。

借。志河终于为自己这个决定找到了一个理由。大凡事情如果不做，只有一个理由；如果去做，总有一百个理由任你挑选。

民兵们闷闷着，谁也不肯说话，满屋子里只听到一种犯罪前紧张的喘气声。

窗外，月亮被云彩淹死了，寒风嗷嗷地叫着，在村道上疯跑着。正是一个月黑风高的夜晚。志河抽了几口树叶子烟，大口大口地吐着浓浓的烟雾。他哑声道：大家就不要去了，我一个人去就是了，日后有了什么我秦志河担着吧。说罢，就跳下炕来，扯起几条麻袋，凶凶地走出门去。

终于，有几个年轻的民兵，跟着志河出来了。

屋里有人冲出来，低低地喊一句：志河，你们去不得啊。

志河听到这一声喊，脚步猛地停住。他回过头来，看到几双欲哭无泪的眼睛。志河叹了口气，就大步走了。

当他们走到村口那块石碑前，志河的脚步似乎迟疑了一下。但他没有去看那块刻写着约束着燕家村人行为规范的石碑。

公社的粮库只有一个粮食局的冯大水守着，大水已经饿得头晕，早早躺在床上了。对翻墙过来的这几个人，竟是毫无察觉。

志河他们没有费多少力气，就把粮库的门弄开了。他们拥进去，满满地装了十几麻袋玉米，拖出了粮库。就在出大门的时候，听到一声吼：站住。

志河一惊，回过头来，昏昏黄黄的灯光下，管粮的保卫冯大水黑黑地站在粮库门口，一支黑洞洞的枪口对着志河。大水是县粮食局的，到燕家村收过粮食，大家当然认识他了。

无人知道是偷，有人知道则是抢。偷则还有羞耻之心，抢则把这种行为推上了赤裸的绝境。志河并没有想到抢。志河呆在了那里。几个背着粮食的民兵也愣愣地看着大水。

志河非常难看地笑了笑：大水。

大水骂道：秦志河，你怎么干开了这种事啊？

志河垂下头，许久，抬起头来，已经满脸是泪了，就看着大水说：大水兄弟，我们不能看着村里人一个一个地死啊。

大水就湿了眼，声音像一下子被抽去了骨头，就软下来：志河兄弟，这可是种子粮啊，有道是饿死爹娘，不吃种粮啊。你们都是当村干部的，这道理是该懂的啊。

一阵沉默。空气紧张得像拉满了的弓。粮库里只听到呼呼的喘气响。

志河猛地吼一声：大水，你给我滚开。吼罢，拖起一包粮食就走。

大水哗啦一声就拉开了枪栓：志河，听我一句，这粮食动不得啊，是要掉头的啊。

志河凄然地说：我什么都明白，可现在顾不得许多了。

大水硬硬地说：我不能让你们这样走的。

志河点点头：我知道。猛地抬手，打昏了大水。几个民兵就上去捆了大水。

志河把粮库的十几袋种子粮弄到了村里。当夜就开了社员大会，让各家各户把粮食带回去。

于是，一个出乎志河意料的景观出现了。乡亲们眼睛里冒着一种就要燃烧的热烈，却没有一个人上前去搬那些已经分配好的粮食。志河去公社粮库劫粮的事情在村里已经传开了，人们惊得透不过气来了。燕家村从没人干过这种事情啊，真是胆大包天了。志河疯了不成？人们慌慌地拥到村委会的大院子里，就看到志河几个人弄来的那十几包粮食。土蜡燃起昏黄的光，荡起飘忽不定的暗影，像鞭子一样在人们的身上抽打着。

志河干干地喊道：大家把这些粮食分一分吧。

没有人响应，志河的声音显得无力极了，像是很容易就能被人折断的枯枝。

志河又心虚虚地喊了一声，仍是没有人去动。一个老汉走过来，盯住志河：志河啊，怎么能干这种事呢？哀哀地看了志河一眼，长长地叹了一口气，就转身走了。于是，乡亲们就一个个走出了院子。最后，院子里只剩下志河和那堆粮食。

天空黑黑的，院子里点燃的那几支土蜡，有气无力地燃烧着。志河就木木地怔在了那里。他没有料到，他们几个舍身为乡亲的行为，他们对村民们的关怀，竟像是一颗挡在村民们脚下的小石子，被村民轻蔑地踢飞了。志河突然觉得自己挺窝囊、挺没劲、挺操蛋的了。几个早就蔫头蔫脑了的民兵，突然蹲在地上，伤心地哭了，呜呜地。哭声在死墓一般的村中飘散着，显得那样软弱无力，像残秋中田野里悲悲的虫鸣。

志河呆呆地走出院子，不禁抬起头来，仰天长啸一声。一口浓浓的热血就喷出来。

其时，天寒彻，夜无声。

天蒙蒙亮时，志河让民兵把粮食送到了公社，自己去自首。几个年纪大的村民就趴在村头那块石碑前痛哭着，哭声像受惊的鸟儿一样在村中飞来飞去。整个燕家村陷进了惶惶不宁的气氛中，人们感觉到一种比饥饿更吓人的事情就要来临了。

1994年的春节，我面对着一桌丰盛的年饭，把这段故事对女儿说了。女儿睁大眼睛，问我：是真的吗？如果是真的，那么我真不敢相信全世界任何一个民族，在饥饿的死亡线上，能够如此理性、冷静。您讲的是真的吗？

我艰难地苦笑笑：是真的，的确是真的，你的姥姥就是在那年饿死的。

女儿用不信任的目光看着我，仿佛我真的是在编造一个神话。 或者，她真的不相信曾经存在过这样一段历史。 女儿笑着说：我看过一部反映那个年代的中篇小说，那篇小说里的主要人物可是带着愤怒的感情，带着红了眼的老百姓去砸了粮库的。 这篇小说还获了奖的。

我摇摇头：我也读过那名噪一时的小说，但我总不肯相信作家写的那就是真实的生活，至少在苍山县里就没有发生过那种事件。 也绝不会发生那种事件的。

女儿笑了：您别是把记忆中的东西艺术化了啊。 您看看当代的中国人，就会知道您记忆中的是否真实了。 昨天下了一场大雪，您见有扫雪的吗？ 您这些年见过有扫雪的吗？

女儿用挑衅的目光盯着我。 我哑然。 的确，我已经记不清了，从什么时候，这个城市没有人扫雪了。 每年下雪之后，都要出几起交通事故。 市委大楼门前，雪仍旧堆得厚厚的，人们连各人自扫门前雪这句最为保守的格言也忘记得干干净净了。

女儿看我怔怔的，就嘲笑着问我：既然那个年代那样饥饿，为什么人们竟能够自甘潦倒、聊以自毙呢？ 为什么竟没有人破门入户、抢劫造反呢？ 他们分明感受到了生命的威胁，竟没有互相残害，真是还能路不拾遗、夜不闭户吗？

我点头说：基本上是这样的。

女儿感慨地说：那个年代的人真是老实啊。 如果现在赶上一个饥饿的年代，人们还会那样吗？

我看看她：你说呢？

女儿一脸惶然：说不定，我也要加入打砸抢的行列呢。至少要把银行抢了。

我呆呆地，我的心疼了一下子。 我看着女儿那张平静的脸，我知道女儿说的是真话。 一句非常恐怖的真话。

我再也无心吃饭了，转身去看窗外。 窗外一片白茫茫，路上的雪还没有化。 太阳光在雪地上欢快地跳舞。 果然是没有人扫雪，听说已经出了好几起交通事故了。 昨天晚报上讲，一个出租车司机被人杀了，尸体被埋在了雪地里。 丈夫对我讲这件事的时候，口气淡淡的，好像在说一件小孩子的游戏。 我开始恐怖雪，皑皑白雪中竟掩埋着黑暗的凶杀。一种精神的民族的凶杀？

的确，对于那样一个年代，对于那些人物，我一直不敢动笔，以至于现在我坐在书桌前，回忆这一段历史的时候，我竟怀疑我是否真的在那样一个时代生活过。 我该怎样写那个年代、那些人物？ 好像真是很难。 那一个年代那些无恨无悔饿死的人，能否代表中国？ 在当今热闹的现实景观中，我这样一个回忆，显得那样苍白，而且有毛病。 那一场饥饿，像一场风一样，早就刮得无影无踪了，却让我保持着惊恐的记忆。 那一个没有诗情的年代，却让我终生高山仰止。

我今天重提这一段历史，不仅仅是回忆那一场恐怖的饥饿，我是重新被那个年代中那种镇定自若的精神秩序所震撼。 我们竟是在一个夜不闭户、路不拾遗的时尚中安详地度过了那场可怕的灾难。 不要总是指责那一个年代吧。 不要总是对那一个年代的中国百姓简单地理解为愚不可及吧。 或者说，那一个年代有着过多的悲剧和错误，但是它竟是充满了神圣的原则和伟大的人格。 以至我们每每回忆起，总感觉像是敲打一块钢板，叮当作响，激越雄浑。

退一万步讲，我们恼怒那个经常充满了错误和悲剧的年代，但我们总不应该倒污水似的连同盆中那洁净的婴儿一同泼掉。 我们应该珍惜自己的历史，我们应该珍惜那种洁净，我们应该纪念那个物质绝对危机而精神竟绝对灿烂的年代，换句话说，我们的确不应该把那一个人格灿烂的年代，错误地看成精神愚昧的年代啊。

或者那一个年代的精神原则，本身太高傲了。 这使得它与我们现实中活得有滋有味的人们之间产生了悲哀的隔阂。因为那个年代的精神几乎是处在了极致，超越了我们今天能够合理想象的界限，那些只重视现实而不在乎历史的当代中国人，断定它只是野史传说而不予置信，从而渐渐忘记了它是一个重要的关于中国曾经是怎样活着的例证了。 或者说，匆忙的当代国人，早已经被利益搞得焦头烂额，已经丧失了体会它的心境和教养了。

我可怜的女儿啊。

1994 年的春节，我一夜无眠，我想了很多。 这也许就是我这篇文章的最初冲动吧。

　　志河带上那些粮食去公社自首了。　公社被惊呆了。　当下就用麻绳捆了志河，又派人到粮库找到嘴里被堵了破布，被捆成一团的大水，一并押解到县里去了。　县公安局就把志河和大水拘押起来，连忙向县委汇报。

　　县委方书记听到汇报，惊呆了。　那是一个公社的种子粮啊，竟敢有人这么胆大妄为，而且还是一个村党支部书记带头干的。　反了反了。

　　方书记是大伯的老部下，当他听到是大伯的堂弟犯的案子时，很是为难地给地区挂了一个电话。　大伯接了电话，听得呆呆的，电话里好半天没有声响。　方书记颤颤地问：秦书记，您看这事……

　　大伯猛地火了：这还用请示我吗？　这是反革命事件。懂吗，反革命！　大伯把电话摔了。

　　方书记放下电话，叹了口气，就对通信员说：你把秦志河叫到我这里来。　通信员就去公安局带志河来见方书记。

　　两眼没有了一点光彩的志河被押进方书记的办公室。　彼此都认识而且熟悉。　方书记点点头坐着没动，浮肿的双腿已经很难使他站着说话了。　他指指椅子：坐吧。

　　志河一脸惭愧之色：方书记，我……我真是昏了头啊。说罢，就垂下头，傻傻地坐在椅子上，再无一句话了。

　　方书记闷了一会儿，就问了问村里的情况，特别问了问死人的情况。 志河一一说了。 方书记不时点点头，最后看看表，就喊通信员进来带志河回公安局。

志河站起身，闷闷地问了一句：这事我哥知道了吧？

方书记点点头。

志河又问：他说什么了？

方书记哀下脸，没有回答，对通信员挥挥手。

志河低下头，转身要走，门就开了，就听到有人颤颤地喊了一声：志河。

志河回头看，见是大娘走进来，哀哀地看着他。

志河怔住了，干干地叫了一声：大嫂……头就低下去。

方书记跟大嫂点点头，吃力地站起身，走了出去。 通信员就站在了门口。 屋里只剩下了大娘和志河。 大娘叹口气：我刚刚听说了，你怎么会做下这等事啊……

志河低下头：我实在不忍看乡亲们饿死啊。

大娘说：你也不是入党一天半天了，现在什么形势啊，修正主义掐我们的脖子，老天爷闹自然灾害，毛主席都不吃肉了，我们还不能饿几顿饭吗？ 挺一挺就过去了嘛，总不会比咱们打鬼子那年月难过吧？ 可你怎么能……

志河垂泪道：大嫂，我已经知道做下错事了，现在悔得肠子疼哩。 我对不住村里的乡亲，做下这等坏了村子名声的事情。 把这事刻在村前的石碑上吧，让后人知道，饿死也不能去偷啊。 就呆呆地转过脸去，看着窗子，有一只苍蝇软软地趴在上面飞不动了。

大娘叹道：志河，你何尝是丢了村里的脸面啊，你糊涂啊，你是丢了共产党的脸面啊。

志河身子一颤，呆呆地看着大娘。

大娘看看志河：你还有什么话要讲的，家里还有什么话要说的吗？

志河就湿了眼：日后就靠大嫂你了。

大娘点点头，怨怨地看了志河一眼，就低头出来了。

志河回了县公安局的看守所。

案子就报到了地区，批示很快就下来了。开除志河的党籍。移交到法院。过了一个月，就判了志河的死刑，报省高院核准。

枪毙志河的那天，几个公社的人都拥到路边看热闹。人们在传说着一个可怕的故事，燕家村的支部书记砸了国家的粮库，共产党里边出了坏蛋。

老百姓们拥挤在路上，朝着志河指指点点，有人恶恶地骂着，还有人恨恨地朝志河吐唾沫，以至开道的警车不得不几次停下来，驱散着人们。

没有开公判大会，原来是要开的。后来方书记说了一句话：乡亲们都饿得走不动了，再弄到一起开会，在冷天里冻着，怕是要死人的。于是，就没有开会。

燕家村没有几个人去看，他们低着头，觉得志河实在是给燕家村丢了人，燕家村的乡亲们日后怎样出去见人啊。有几个老太太那天就在燕王庙前跪下了，烧着香，嘴里喃喃着，似乎是在替坏蛋志河赎着什么罪孽。

燕家村陷浸在一片深深的羞臊之中，他们感觉他们的荣誉一下子被志河毁掉了。悲哀啊。

我没有去看志河，大娘不让我去，我至今后悔。我至今猜想，那天志河一定会在囚车上四下找燕家村的乡亲们。志河一定不放心燕家村的乡亲们的。而燕家村却没有一个人去送送他。

枪毙志河那天，村外的太子山上，站着一个人，一动不动，一直目送着志河上了刑场。看着志河在山下的河坡上跪下，被一颗子弹结束了生命，又看着我大娘带了几个村里人去替死去的志河收尸。

那人就是我三伯。

志河在看守所里省下了十几块菜饼子和两块玉米饼子。两块玉米饼子是志河临刑前的最后晚餐。公安局的人按照志河刑前嘱咐，给大娘送了去，说是志河让大娘带回燕家村给孩子们吃的。大娘就带回了村子，就让我们几个孩子欢天喜地不知滋味地吃了个精光。我们哪里知道，我们吃的是志河的上路饭啊。志河是空着肚子走上刑场的啊。

1960年至1961年的两度荒年里，全县共出过三起偷窃事件。除去燕家村这一件村干部偷窃粮库的事件，还有一件是石家村的一个叫贺二虎的偷了生产队的几斤红薯干，被判刑五年。 再一件是县城的售货员监守自盗，半夜值班时，偷吃了商店的饼干，大概一共吃了十几斤，他没有受到法律的制裁，第二天被上班的职工发现时，他已经躺在地上不能动了，肚子像一个皮球一样鼓鼓的，他是胀死的。 任何一个世界中，都有杂质的，但不能代表这一个年代的人们的精神。至少，我想志河也是没有划出这个精神圈的。 在那个饥饿作为第一特征的年代，这几起偷窃事件，实在是不值得一提的。

近年来，苍山县偷窃成风，于是，防盗门成了抢手的产品。 燕家村占河的儿子做防盗门成了大富。 去年我回苍山县采访，参观了占河家的铁合金工厂。 那一个宽大的院子里，堆满了一律涂着血红色防锈漆的防盗门，上边还画着秦叔宝尉迟恭的神像。 占河的儿媳告诉我，他们家已经开始设计装有防盗电子系统带音乐门铃的防盗门了，现在已经有了不少订户。 我问她：价钱是不是很贵？ 她狡黠地笑笑说：当然很贵的，因为还要装非常豪华的进口锁。 我问：真的有人买？ 她告诉我，这东西现在很走俏，苍山县共有十几家这样的工厂，没有不赚钱的，很受一些有钱人的欢迎。 她让我在报上给他们吹一吹，就算做广告了。 我点头答应了。

我回到报社，没有写这篇稿子，我想了很多。 在那个荒年里，我们是无论如何也不会想到防盗门这个东西的。 那真是一个路不拾遗、夜不闭户的年代啊。 那些精致结实的防盗门，能说明什么呢？

我不能不提及另一个数字。1993 年，苍山县工农业总产值，达到建国后的历史最好水平，而这个水平的背后，是全县偷盗成风，仅燕家村，就有二十余人因偷盗被逮捕。1993 年，全县出现刑事案件两千一百多件，其中盗窃案一千三百起，包括入室抢劫杀人案三十七起。我从这些数字的背后，看到苍山县当代子民的精神面貌。他们变得硬实了，凶悍了，骄横了，他们不要任何制约了，他们重新选择了一种行为准则，他们一个个横眉立目，带刀上路，大步疾行。

我实在是无话可说了。

燕家村似乎一下子被泄了元气，再也打不起精神来了。志河的事情，够燕家村人脸红几辈子的了。村头的那块石碑，不知道被谁涂上了一层黑墨。耻辱深深地击中了燕家村人的心脏。燕家村的人在饥饿面前的镇定，已经做到了极致，村头的这一块石碑，为燕家村的历史提供了约定俗成的生命前提，没有这一个前提，燕家村便无以构成，燕家村便无以自存。而志河这个孽障，竟然背弃了这一个生命的前提，砸碎了燕家村的生命的公理、精神的基石，他恶恶地向燕家村的心脏狠狠扎了一刀啊。燕家村人的心里在滴血，这是比饥饿更加让人难以承受的事情啊。

志河死后，志河一家再也没有出过门，任谁去喊，也不开门。后来，大娘让人送去一些用树叶子做成的饭团子，送到他家门口，也不见他家人出来取。半个月后，大伯回来，让人砸开了他家的门，就见志河的媳妇和三个孩子都死在炕上了，是活活饿死的，他们是默默地死去的。既没有一点点表演的意识，也没有一点点抱怨的情绪。他们死得是那样透彻。

1988 年，我回到 S 县采访，见到了县里著名的乡镇企业家田二喜。田二喜也是燕家村人，他盛情款待了我。酒席间，提到了那个可怕的荒年，田二喜向我说了一件鲜为人知的事情。

那年志河弄回了粮食，他们也被喊了去，田二喜的父亲田成杰不敢相信志河肯把粮食分给他们这样的地主分子。那时田二喜才十三岁，胆怯地跟在父亲身后，志河声音哑哑地说：把你们家那一份拿去。

田成杰害怕地说：乡亲们都不敢要，我也不敢要。

志河叹道：你不要管他们，他们有原则的，你们不要学他们的样子。

田成杰声音弱弱地：我家是地主啊。

志河苦笑道：那是以前的事了，你家现在也一样挨饿哩。娃儿还小，都是乡亲哩。

黑黑的夜色中，田成杰就贼贼地背回了那十斤玉米。

说到这里，田二喜哽咽了，没有那十斤玉米，他们一家人活不到现在。而且，他不敢相信志河一家会活活饿死。他说，他父亲回到家，整整哭了半夜，对全家人说，不要忘记志河，不要忘记……

田二喜对我说：你要写写志河啊，那是个怎样的年月啊。

我含了泪：我写我写。

1961年春天，灾荒仍旧威胁着苍山县。 县委方书记万般无奈，咬咬牙，就到燕家村找我三伯，求三伯到省军区，找当时的省军区司令员赵勇求救。 赵勇是三伯的老战友，曾在苍山县打过游击。 方书记是想动用三伯这个老关系，弄一些粮食回来。

三伯听罢方书记的意思，就叹道：部队的日子也紧得很啊。

方书记垂泪道：我知道，我们是种粮食的，怎么好从部队的嘴里掏口粮啊。 可是我真是看不下去乡亲们……

三伯长叹一声，就随方书记去省军区。

赵勇黑瘦瘦的，显示着灾年的特征。 他坐在椅子上，听着方书记讲述苍山县的灾情。 他的眉头一直紧紧锁着，一支接一支吸着特供的劣质烟，不时咳出黑黑的痰来。 当听到县里饿死了那么多人，赵勇哭了，手颤抖着，猛地把烟在手心里捻死，呼地站起身，对方书记摆摆手：你别说了。 来人。

一个警卫员走进来。

赵勇说：把军需处长给我喊来。

不一会儿，瘦得像豆芽菜似的军需处长进来了。 赵勇没说话，示意他坐下。 军需处长就坐下。

屋里很静。谁也不说话。赵勇就接着闷闷地抽烟。满屋子的烟雾，只听到赵勇不时的猛烈咳嗽声。方书记不安地在沙发上扭动着身子，他看看三伯，只见三伯仰靠在沙发上，已经是珠泪滚滚了。

军需处长坐不住了，问道：司令员，有事吗？

赵勇不看军需处长，眼睛闭着：我私人跟你借些粮食，你要大方一些了。

军需处长一震，看看三伯和方书记。方书记埋下头，三伯一声不吭，似乎睡着了。

赵勇说：我请你调拨给苍山县五十万斤粮食。

军需处长身子一怔，忽地站起来，空空的目光看着赵勇，没说话。

赵勇睁开眼睛，看着站得笔直的军需处长：你听到了没有？

军需处长点点头：听到了。

赵勇声音干涩地说道：那你就去办吧。

军需处长脸色就白了：司令员，这，这，军粮动不得啊。

赵勇硬硬地扔出一句：出了问题我赵某去顶雷。

军需处长还是一动不动，额上逼出许多细汗，脸更加惨白起来。

赵勇声音就有些沙哑：国法、天理、人情啊。我赵勇今天至少占了后两条了。你应该记得，那里的老百姓当年是怎样支援革命啊。 那年月为了部队，乡亲们死了多少人啊，现在解放了……赵勇说不下去了。

军需处长身子微微颤了，向赵勇敬了个礼，转身走了出去，脚步沉沉的。

方书记再也忍不住了，站起来，浮肿的双腿一软，就跪在了赵勇脚下，放声大哭起来。

赵勇腾地火了，骂道：你这是干球什么吗?

方书记抹了一把眼泪，站起来，连声喊道：谢谢了，谢谢了啊。

赵勇转过身去，眼睛盯着窗外，久久没有回头。 窗外的树叶已经绿了，熬过了一冬的生命似乎正在悄悄地复苏。

三伯看看方书记，站起身。 方书记会意，用低低的声音说：赵司令，我们回去了。

赵勇闷声对三伯道：老秦啊，回去代我问乡亲们好，把这个灾年过去，我赵勇要到苍山县去看望乡亲们。 这五十万斤粮食，实在是不多啊，可是我赵勇就只有这一点能力了，让乡亲们咬咬牙吧。 说着就转过身来，已经是满脸的泪了。

三伯凄然一笑：你已经尽力了。 我听人讲，你家乡的人来求你，你一斤粮食也没给啊。

赵勇眼睛一红，泪又落下来，长叹一声：我这个官，不是为家乡当的啊。 你们快走吧，不然我冷静下来会后悔的。

赵勇病逝于1982年，时年七十九岁。 他至死也没有到苍山县来看看。

　　五十万斤粮食，对于几十万人口的苍山县，无疑是杯水车薪。但是，它毕竟救下了几十万人的生命。那个瘦成豆芽菜似的军需处长，同时还调拨了三十万斤饲料。军需处长亲自押解着这批粮食，和方书记一同到苍山县。走到县里，把粮食卸了，军需处长眼睛潮潮地说：我回去了。

　　方书记和三伯跟军需处长握握手，目光哀哀地看着军需处长远远地去了。

　　后来听说那个军需处长在"文革"中被人整死，罪名是在三年困难时期，倒卖军用粮食和饲料。他到底也没有说出这一切都是赵勇的指示。而且这批调拨粮就没有赵勇的签字，或者是那个精明的军需处长当时就想到了最后的结局，竟没有让赵勇留下一点痕迹。

　　五十万斤军粮和三十万斤饲料运到了苍山县，县委星夜召开了紧急会议。大伯和几个地委领导也被请来。大伯听了方书记的汇报，就苦笑道：粮食是你们苍山县搞来的，可是你们不能眼睁睁看着别的县挨饿啊。全局一盘棋嘛。

　　方书记点点头道：当然。

　　于是，重新划拨这五十万斤粮食和三十万斤饲料，最后分到苍山县头上，只剩五万斤粮食和三万斤饲料。后来有人感慨地说，苍山县在那个时候献出了四十五万斤粮食和二十七万斤饲料，近乎贡献出了几千个生命啊。这是何等的气魄啊。 这是一个处在极致，超越了界限，不近乎人情，近乎愚蠢的故事，今天读来并不会使人快乐，让人听后有一种难言的悲怆，让人听后会永远感到今人的低下。 我不得不在这个气壮山河的数字后边提及另一个让我气短的数字：1993 年，苍山县工农业总产值，创造了历史上的最好水平，而这一年，苍山县对希望工程的捐款，却平均每人不到一角钱；而这一年的公款吃喝费用，却平均每人一百六十元。 我富裕了的苍山啊，远远地走出了饥饿贫困的阴影，脱去了土布的衣着，换上了现代的西装革履，却如何竟站在了一个十分弱小和蒙昧的人格水平上了。 仓廪实而知礼仪，我几次想起这个古老的历史命题，果然是这样吗？ 我深深地困惑了。

大伯带着那四十五万斤粮食和二十七万斤饲料走了，只剩下了苍山县委一班人仍在连夜研究剩下的粮食和饲料如何划分。

方书记想了想说：县委县政府和各区乡的干部都划出去，一份也没有，谁有意见，让他来找我。 说罢，他那浮肿的眼睛，四下扫视着会场，扫视着那一个个脸上全是菜色的干部。

会场上一片寂静，只听到一片沉重的喘息声。

窗外，早春的寒风扑打着窗子，发出尖尖的啸声，揪得人心紧。

方书记艰难地笑笑：散会。

1960 年至 1961 年，县委和各公社的干部们没有吃一点额外的粮食，是否绝对，至今苍山县的老百姓都这么说。 西山公社的党委秘书刘春华的老婆玉秀，是刘家村的妇女队长，到公社开会时，因为惦记丈夫，就把自己早上的口粮——两个菜饼子省下，给刘春华带来了。 刘春华带她进了自己的宿舍，也许小两口还没有来得及亲热，玉秀就急急地掏出了那两个还带着她的体温的菜饼子。 她刚刚把揣在怀里的菜饼子掏出来，要递给丈夫，刘春华脸色就变了，夺过菜饼子扔了出去。 玉秀还没有来得及说话，就被刘春华推了出去。 刘春华恶声吼道：大家都在挨饿，我能咽得下去吗？

玉秀看着丈夫，转身流着眼泪走了。 刘春华的老娘和不满一岁的儿子，就是那一年饿死的。 刘春华却硬是从每月已经减到了二十斤的口粮里，省出几斤，给了村里的五保户张寡妇。 张寡妇由此又活到 1976 年。 临死前，她仍喊着刘春华的名字。 是时，县办公室主任刘春华正在戴着高帽被红卫兵押着批斗呢。

1989 年，任县委书记的刘春华，因为贪污公款三十八万元，被判刑二十年，给他送过菜饼子的玉秀，在县煤建公司当副经理，也因受贿索贿被判刑七年。 据报上披露，刘春华家的一间空房子里，堆满了成箱的罐头、高级营养品、成条成捆的高级香烟和成箱的名酒。 一个为了解决工作的临时工，为了转正，把家里的房子拆掉变卖了，给玉秀送了礼。在写这篇小说之前，我曾去狱中采访过刘春华，他不认识我，我讲了他当年的事迹，他突然埋下头，无声地哭了。 两肩颤抖着，像两片寒风中的枯叶。 我发现刘春华的头发已经白了，我一阵恍惚，想象不出当年那个每月从嘴里省出几斤粮食的刘春华是什么样子的。

狱中的探视室里，不时有风悠悠地吹过。 我抬头看看，是那扇小铁窗开着呢。 几根锈蚀的铁条威严地竖着，让人感觉思维在这里会变得单调乏味。 我再看看刘春华那一头白发，知道这个老人将在这里度过他的晚年了。 我希望他能对我讲点什么，或者说，我暗暗希望着他能对那个年代再说些什么。

刘春华突然抬起头，挥挥手，无力地说：你走吧，我什么也不想讲。 说罢，就转身回号子里去了。 我起身盯着他那有些驼背的身形，恍惚间似看到一片精神的废墟。 这似乎不应该是刘春华一个人的变节、一个人的异化，而是一种当代文明对生态愚昧意义上的可悲的认同与回归。 我不禁心中一阵慨叹。 昔日的光荣已经成了嘲弄。 文明的精神已经被这种回归打得落荒而逃了，苍山县已经开始容忍邪恶，已经无视暴虐，那一度辉煌的精神已经被撕成了碎片，任大大小小的刘春华们搓捏着和践踏着。

这似乎不是刘春华一个人性格的转变，背景竟是相当的深刻，深刻得让人心中滴血。

那天，苍山县委宴请了我这个记者。 我是被一群政府官员簇拥着进了一家豪华的饭店的。 我记得那天上了许多我没听说过的菜，鸡鸭鱼蛋都被做成了我很少见过的表情和姿态端上了桌子。五粮液和外国洋酒也前呼后拥地挤上了桌案。我看看那些红光满面的官员，我估计如果再发生什么荒年，他们是绝不会在吃上出问题的。我那天喝得多了些，席间去小解。路过后堂的时候，见到两个老乡正在拉泔水，整盒的米饭和肉食就呼呼地倒进了泔水桶里。其中一个年长一点的老乡把一些整盘的米饭和馒头倒进了一只口袋中，我问他这样分开做什么用。他笑道：拿回去让家里人吃呢。

我好奇地问：现在吃的还紧张吗？

老乡苦苦一笑：我是那年月饿怕了，见着这糟蹋东西，心疼哩。

我怔怔地看着他。

老乡自嘲地笑笑：我这人没出息哩，没出息。

采访完了刘春华，我离开了苍山县。路两边盖起了一排排的商店和饮食店，一些招客女打扮得花枝招展，站在路边拦截着来往的车辆。我听说这一带卖淫的事情很多，还常常发生抢劫的案件。这些商业建筑的后面是田野，田野里麦浪滚滚。我打开车窗，深深呼吸着浓郁的麦香。我竟嗅出了一种腐烂的气味。我闭上眼睛，车子已经走出苍山县很远，我暗暗叮嘱自己不要回头去看，但我还是忍不住回头去看了，当我扭过头的那一刹那，我不禁热泪盈眶了。

我蒙蒙的泪眼中，似乎看到了一片昨天的废墟，我耳边传来路边酒店中放出的强劲的摇滚音乐，是一个时下很走红的歌星在呼号着。 我突然想到，也许就在这种现代人醉生梦死的喧嚣呼号中，昨天的废墟才显得雄浑。 那是辽阔，那是久远，那是高贵而悲壮的光芒，那是一片由骇俗的美引起的久久震撼的遗址。

（原载《北京文学 》1995 年第 10 期）

西北风越刮越硬，眼瞅着就到年底了。

厂里今年的日子实在是不好过，各车间都重新承包了，可也没见承包出个模样来。有几个车间已经好几个月没发工资了。厂里欠别人的钱，不给；别人欠厂里的钱，也不还。这几天来厂里催账的已经十几拨儿了。厂里撒出去要账的也有好几拨儿，可是眼下一个子儿还没要回来呢。工人们都没心思干活，这些日子厂里打架的、偷东西的出了好几起了。保卫科长老朱眼睛熬得像个猴屁股。

刘厂长去宾馆开订货会，本来让周书记也去，可是周书记不去，周书记说见着那帮家伙就心烦。于是，周书记就留在厂里管着干活。今天下午一上班，周书记就接到刘厂长的电话，说是客户们可能要到厂里来转转看看，让周书记布置一下全厂打扫卫生，弄得体面一点。

周书记就找赵副厂长、林副厂长和田副书记来开会，说了这事。赵副厂长说他马上就得到市里开会，听传达关于现代企业制度的文件。林副厂长说他要到宾馆去见见几家客户，有些质量问题要当面谈谈。田副书记坐立不安地说他得到学校去一趟，他那宝贝儿子又让老师给轰回家来了，说是为搞对象的事。赵副厂长笑道：这不错嘛，省得日后你给他费心了。田副书记骂道：现在这叫什么事啊，高中的学生就敢搞对象，操蛋不操蛋啊。我今天非得打断小王八蛋的腿，让他知道知道什么叫作无产阶级专政。就骂骂叽叽地走了。

周书记心里挺别扭的。这几个副手都跟老刘闹不来，拧成一股劲跟老刘叫阵，老刘也不跟他们谈谈。老刘是想干两年就走的，可这样下去也不是事儿啊。

周书记叹了口气，就出了办公室。

周书记指挥着全厂打扫卫生。于是，各车间除了不能停下来的工序，都停下来了。擦玻璃的，洗车床的，扫地的，全厂一片乌烟瘴气地乱。周书记先是到各车间看过，又到机关各科室检查，扯着嗓子满楼道乱吼乱喊。办公室的秘书小邢一个劲儿嘟囔：周书记找不到对象跟大伙撒气呢。周书记的爱人死了好几年，总想找个续补的，可总也找不到可心的。不是他不愿意，就是人家看不上他。

周书记路过组织部的时候，想起了方瑜。他知道方瑜最近血压低，不想让她擦玻璃，想让她跟自己到下面转转看看。推推方瑜的门，方瑜不在。周书记就快快地下了楼，看到宣传部的小刘正在厂门口换宣传栏，花花绿绿弄得挺热闹。小刘跟周书记关系好，经常陪着周书记打麻将。周书记爱人死了之后，就好上了打麻将。先是玩贴纸条、戴帽子，玩着玩着就觉得不过瘾，于是就玩挂彩的。 也不多，每次也就是三块两块的。 以玩为主，以赢为辅。 只要有小刘在场，周书记准赢，小刘总给周书记点炮。 去年厂宣传部长刚刚退休，部长的职务暂时空缺，人们就传说小刘瞄上了部长的位置。

小刘就笑：周书记，您怎么没去宾馆啊？

周书记说：我嫌乱，不去。 那帮王八蛋，没什么好东西。 就看小刘布置的宣传栏，这期宣传栏是表扬这个月厂里的生产标兵的。 都是彩色照片，照得挺好，是宣传部大高照的。 大高照相有两下子，他是省摄影协会会员，挺牛的，不管穿什么衣服，都把协会的会徽别在胸前，神气得很。 大高不买别人的账，只跟刘厂长好，有人说刘厂长家里挂着的刘厂长爱人的彩色照片比活人还大，就是大高照的。 周书记很不喜欢大高这个人，总在会上讲大高除了会照相，别的什么都不行，宣传部应该是多面手。 可是刘厂长总是笑嘻嘻地说：不要求全责备嘛。 周书记见到这些照片，就说：小刘啊，你该学学照相啊。 宣传工作多会一样是一样嘛。

小刘苦笑：我学什么学，部里就一台照相机，大高看得比看他老婆都紧，恨不得天天搂在怀里睡觉，不许别人染指。

周书记皱眉道：这个人。

办公楼的一个窗子打开了，办公室秘书小邢探出头来喊：周书记，刘厂长的电话。

周书记听到喊声，就回过头来，答应一声，跑着去接电话。

电话是刘厂长从宾馆打来的。刘厂长声音慌慌地说：周书记，你去交通队一趟，小孙跟人家撞车了。

周书记脑袋嗡的一声就大了：你说什么，撞车了？怎么撞的？人怎么样了？

刘厂长急着说：估计人问题不大，小孙在会上喝了点儿酒，去给客户送东西时出的事。你去看看吧，现在小孙给扣在了交通队。你的一个战友不是在交通队嘛，你赶快去找找吧。我现在脱不开身。

周书记放下电话就跟小邢说：给我派个车，我去交通队。

小邢为难地说：小车没有了，都在会上呢。

周书记急道：别管什么车了。让汽车队赶快弄一辆来就是。

小邢就拨电话，让汽车队派一辆客货两用车来，直接开到办公楼门口。周书记没等小邢放下电话，就跑下楼来。司机小孙是周书记姐姐的孩子，去年刚刚转业回来，姐姐就让周书记把他弄到厂里来了。周书记从小没了妈，是姐姐把他拉扯大的。周书记很敬重姐姐。本来周书记不想让小孙开车，可是架不住小孙软缠硬磨，就让他到了汽车队开小车。小孙爱喝酒，一喝就多，多了就爱出事，上次已经撞了一回了，吓得周书记不轻。这次又惹事了。

周书记刚刚出了办公楼，迎面就碰上了三车间主任老吕。老吕满脸通红地说：周书记，我正找你呢。

周书记说：我忙着出去，回来再说。就拔脚走。

老吕一把拉住他：就两句话。我这个主任不干了，厂里另找能人吧。

周书记发急道：你说不干就不干了，你以为这是小孩子闹家家呢！你不干也得等着承包到期啊。

老吕也火了：你让我怎么干？小崔和大张正忙着，给刘厂长弄去陪酒了。现在车间都是一个萝卜一个坑。他俩一走，车间就没人替他俩顶坑儿。现在生产任务又急，误了工算谁的啊？

周书记心里就生刘厂长的气，老吕讲得在理。现在车间都搞了优化组合，没有闲人。你陪酒找谁不行啊，偏偏从车间里挖人。周书记想了想，就对老吕说：你去找刘厂长，就说我说的，一定让你那俩人回来，陪什么酒嘛，扯淡。

周书记边说边走就出门去了。

老吕在后边嚷：我可是去了，就说你说的。

周书记头也不回：就说我说的。真操蛋了。

厂里在明星宾馆包了一层楼，开订货会。明星宾馆是本市最大的宾馆。开始厂里不想在这儿开会，费用太高。可是研究来研究去，还是选中了这儿。因为明星宾馆的经理是副市长的一个亲戚，副市长打来电话，让刘厂长照顾一下，就只好来这儿开会了。

今年的订货会开得挺大，全国各地来了二十多家大客户。厂子这几年效益滑坡，局里总点名批评。前年把第四副局长老刘弄来当厂长扭亏，扭到今年，还没扭出个样子来呢。今年新上任的李局长就找刘厂长谈话，要他今年一定扭出个样子来。刘厂长说：哪那么好扭啊，您以为是扭秧歌那么容易啊？顶得李局长直翻白眼。

老吕找到宾馆，一进门正碰到厂办公室搞服务的小李和大高送两个客人出来，看样子要到哪儿去玩儿。大高一身西装革履，脖子上挂着一架照相机，神神气气地正要往车里钻呢。老吕就忙喊住他们，问刘厂长在哪儿。

小李穿着一件大花的呢子裙，脸上一片桃花灿烂，走路摇摇晃晃的，老吕就看出她喝多了。小李醉眼朦胧地看看老吕，抬起手指指楼上，说刘厂长在二楼202房间，就钻进汽车。小汽车就一溜烟地跑了。

老吕去了二楼。202房间的门虚掩着，老吕也不敲门，就推门进去了。见刘厂长正坐在沙发上，一双小眼睛红得像冒血，是喝多了。销售科长魏东久坐在刘厂长身旁咕咕地喝茶。刘厂长红着眼睛跟办公室主任老梁嚷：你就是不能喝，也得喝，你以为我让你们来解馋的啊？你就是喝吐了血，也得哄着这帮人高兴！

老梁像个没完成作业的小学生，站在那里挨刘厂长的训。老梁本来不想来，可是办公室操办这事是在劫难逃。

刚刚吃饭的时候，老梁喝了两杯，就被一个客户拉住，死乞白赖地要跟老梁干杯。老梁没喝，直说胃疼，弄得那个客户不高兴，说你梁主任看不起人啊，就摔了杯子。桌上的气氛弄得挺干。后来还是刘厂长代老梁喝了两杯才算了事了。

浑身酒气的魏东久在一旁加火：老梁，这事真是你的不对。你说咱们谁能喝，不都得往上冲嘛。这跟打仗一样，谁也熊不得啊。你们办公室的小李，一个女同志，今天表现多好，你这当主任的，怎么也不能往后躲啊。你看咱们刘厂长，都喝成什么样子了。他身体不好，这你也知道，可是厂长……

刘厂长摆摆手：算了，算了。就看看走进门来的老吕：有事？

老吕就说了让小崔和大张回车间干活儿的事。

刘厂长看看魏东久：你不是说老吕同意了吗？

老吕没好气地看魏东久：我什么时候同意了？你怎么能跟厂长说瞎话啊。老吕看不上魏东久，这家伙是个小人。前任郑厂长让他拍得晕了，把他提了科长，可郑厂长刚刚下台，他就跟郑厂长面对面吵架，跟疯狗似的，气得郑厂长直翻白眼儿。这些年魏东久搞供销，可是真肥了，听说家里布置得跟宫殿差不多。他老婆一天三换衣，前几天刚刚买了一件水獭皮大衣，花了三千多块，在厂里到处显摆。气得工人们骂，说魏东久贪污老鼻子了。最近厂里风传，说刘厂长想提名让魏东久当副厂长，主管经营。老吕更是一肚子气，这样的鸡巴人能用？

魏东久脸就一红：小崔和大张说你知道啊。

老吕骂起来：我知道个屁！他俩拍拍腚眼子就来这儿大吃二喝来了，车间的活儿让狗干啊。

魏东久一下子抓住了理：老吕，你这话说得就不对了，什么叫大吃二喝啊，这也是工作嘛。你以为我愿吃啊。这罪受的，喊冤都找不到地方。厂长你说说……

刘厂长忙说：算了，算了。老吕，你能不能让别人先替他俩干干。这里确实也需要人手。咱们厂的酒鬼他俩算是数得上了，别人还真不行。要不你再给我推荐两个来。总要哄得客人们高兴啊。

老吕倔倔地说：我找不出人来，反正我跟周书记说了，他俩不回去，我也不干了。就赌气地一屁股坐在了沙发上。

魏东久来了火：你不干就不干，吓谁呢？

老吕不买魏东久的账，恶笑道：魏科长，我不吓谁，我吓我自己还不行嘛。咱厂就你一个能人，你都能尿到天上去了。有本事你去替我老吕啊。我现在就谢谢你了。真是操蛋呢。一边说着，一边理直气壮地抓起茶几上的茶杯就咕咕地喝。

魏东久气得脸都紫了，就看刘厂长：厂长，你说吧。反正咱们这里也要人手。

刘厂长忙说：就让他俩回去吧。老吕你还真不能松劲。这批活儿要是订了，就绝不敢误期。老梁你去喊小崔、大张跟老吕回去吧。

老梁点头说：我去喊。 厂长，是不是我也先回去啊，办公室的事这几天也不少呢，眼看着就年底了，市里要的好几个材料我还没定稿呢。

魏东久一肚子火撒到了老梁身上，瞪眼说：老梁，你可不能开小差啊。

刘厂长不耐烦地说：算了算了，让他也回去吧。

老梁大赦似的跟老吕出来了。 到了外面，老梁苦笑道：老吕，你算是救了我了。 魏东久这个王八蛋，恨不得把我灌死。 他明明知道我不能喝嘛。

老吕恨恨地说：你怕他个球。 不喝就不喝，他还能掐住脖子灌你啊？

老梁骂道：这个王八蛋算是把刘厂长哄得转转的了。 又借着陪酒的名义找来他的一些小哥们儿吃白食，上下都讨好。 你们车间的小崔和大张就是帮他干过私活，他才喊这俩人来的呢。

老吕冷笑：我早就知道，上个月车间里丢了十几斤铜，我就怀疑是这俩小子干的，只是我没抓住。 这一回，我就让这俩小子回去干活，想喝酒，没门儿！

老梁叹口气：我这个主任也当不长了，办公室小李那个娘儿们挤我，再加上魏东久这个孙子在领导那里天天给我使坏，我快了。 说着就一脸凄凉之色。

老吕骂：那个臭娘儿们不就是会跟魏东久睡觉嘛。 你也是软，要我早就开了她了。

老梁摇头苦笑：你以为我不想开她走路啊。 开得动吗？刘厂长现在把她当成宝贝蛋了，就要提她当副科长了。

老吕火火地骂：我也听说了。 操蛋的，现在是人不是人的就当官儿，这厂里还闹球好了？

两人骂骂叽叽地正走着，老梁突然变了脸色，弯下腰干呕起来。

老吕惊问：你怎么了？ 就慌忙帮老梁捶背。

老梁脸白白的，无力地摆摆手：没事，这几天总这样，也许是喝酒喝的。

老梁又呕出一些红红的东西来。 老吕吓坏了：不行啊，老梁，你赶快上医院去看看吧。

老梁说：你去喊小崔和大张吧。 我待一会儿就能好点儿。

老吕说：我先送你去医院吧，看你吐得真吓人啊。

老梁说：我自己去就是了。 你快走吧。

魏东久让老吕气得够呛，就恨恨地嚷：周书记不像话嘛，这么大的事，他硬是连面也不露一个。 这不是拆台嘛。这又捅着老吕来找人，这……

刘厂长眯着眼睛，听魏东久乱嚷着。 他只觉得脑袋一蹦一蹦地疼。 端起桌上的茶杯，猛灌了几口：魏科长，你就别发牢骚了。 这几天你辛苦，我心里有数。 至于周书记嘛，他最烦这种场合。 他要是真来了，我还真捏着一把汗，不定哪句话讲得人家不爱听了。 这当兵出身的人啊，太正经了些……

魏东久不高兴地说：就他正经，我们都不正经。 当过兵的更不在乎喝酒了。

刘厂长笑笑：算了算了，你就别在我这儿说三道四了。 周书记是厂领导，总归是我们俩的事。 你们不用管的，你的一片苦心我都心领了。 你也累得够呛了，也去睡一会儿吧。 晚上还不知道喝成什么样子呢。 你也注意些身体啊。

魏东久一脸郑重之色：只要厂长理解我，我就知足了，总算我没跟错人。 就抬起屁股要走。

刘厂长又喊住他：对了，你再到厂里找两个能喝的来，咱们几个都不行，我最怕山东那个冯主任了，真他妈的受不了。 你晚上可得帮我挡一挡。 中午没让他把我弄到桌子底下去就算便宜了。

魏东久笑道：厂长你就别管了，我找几个好汉来跟老冯干。 对了，晚上的舞会怎么办？ 得找几个舞伴来啊。

刘厂长皱眉道：这事不用问我，你看着办就是，不过价钱不能太高。 可是有一条，跳完就走，别再有其他节目了，现在扫黄扫得厉害。

魏东久笑道：怕是南方那几位要提这方面的要求，咱们……

刘厂长说：你就装傻。问急眼你就说这几天风头太紧，正抓呢。

魏东久想了想：今天晚上可以先凑合了，明天怎么办？老梁订的直友歌厅，那里就是干跳，没什么劲，白花钱咱们还落个小家子气。要我说明天上东方大世界吧。

刘厂长皱眉道：我听人讲那鬼地方挺贵，逮住了就往死里宰，换个便宜些的怎么样啊？

魏东久笑道：厂长，咱们大钱都花了，就不在乎这几个了。

刘厂长也笑：是啊，要不我这个人发不了大财呢。不过能省就省吧，咱们厂现在都穷成这个样子了，真已经是硬着头皮充硬汉了。

魏东久皱眉道：我也心疼呢。行了行了，您赶快躺一会儿吧。就出去了。

刘厂长其实也特烦魏东久这个人。可是魏东久手里有许多业务关系，不能不用他。周书记看不上魏东久，几次党委会上都提出撤了他。两个副厂长也跟着周书记吵吵，要撤了魏东久。可是刘厂长知道，如果撤了魏东久，厂里的销售量就会直线掉下来。他甚至想过，到自己离开那一天，先把魏东久开了，再交接工作。自己跟魏东久保持两条原则：一是不跟他有物质上的来往；二是好言好语，哄着王八蛋干活儿。

刘厂长心里烦透了这个厂子。他在局里当过技术处长，后来就当了第四副局长。前年局里把他放下来搞扭亏。临来之前，市委组织部的老费跟他透了个底，市委的意思是让他在这个厂搞出点成绩来，要提拔他。所以，刘厂长就格外卖了力气。两个副厂长都不配合他的工作，他干脆不用他们，就拉住周书记一块儿干了。

周书记这个人很好处。周书记是个炮筒子，一天到晚在厂里乱嚷乱吼，抓住迟到早退的、上班干私活的，他黑着脸猛罚。工人们怕他，背地里叫他"二百五"。刘厂长面上总是让着周书记，可厂里的事都是刘厂长说了算的。周书记是个转业干部，到企业时间不长，外行得很，就会训人。所以，得罪人的事，刘厂长大都让周书记去做。有时，刘厂长觉得自己是在拿周书记当傻子耍，有点儿对不住他。可是刘厂长觉得这个炮筒子不用也是白不用。好赖凑合两年，把生产搞上去了，自己就拍屁股走人。

刘厂长刚刚躺下，就有人敲门。刘厂长怕是客户，忙坐起来，穿好衣服去开门。一开门，先是一股浓浓的化妆品味儿扑进来，办公室的干事小李进来了。

小李就笑：哟，厂长这就睡觉啊。就一屁股坐在了沙发上。嘴里就发牢骚：刚刚陪东北的陈主任去逛了逛商店，这家伙真是他妈的抠门儿，一分钱也不带，还买这买那的，就让咱们掏钱。我装着醉了，就跑回来了。大高傻了吧唧的还要给人家照相呢。

刘厂长坐起来，伸长胳膊打了个哈欠：真把我困坏了，两天没合眼了。 这几天你也累坏了吧。 他暗示小李快点走。

他很讨厌小李这个女人。 小李原来是车间里的一个统计员，上了几年电大，本来说厂里要用她，可是她就闹着跟男人离婚，说嫌她男人是个酒鬼。 后来才知道她在上电大的时候跟一个同班同学好上了。 小李那个醉鬼男人找到厂里，当众暴打了小李一顿，就跟小李离了。 可是小李那个同学没离成，跟老婆闹腾了几回就又握手言和了。 小李就在车间里臭得不行。 后来小李又跟前任郑厂长好上了，渐渐地就好得说不清楚了，就被厂长调进机关当干事。 其实小李就不是当干事的材料。 先不用说她屁股跟扎刺似的根本坐不住，光是她天天张嘴闭嘴"操，操"的，也够人听一阵子的了。 现在又跟魏东久打得火热，机关里的闲话可是太多了。 她却是一点儿也不在乎。 最近魏东久又跟厂里建议，要提小李当销售科副科长。 真是的，什么人玩什么鸟儿。

小李笑道：厂长，你也真是，现在哪个厂长不能喝几下子啊。 您还真不如我这一个女流呢。 说着就起身给刘厂长倒了一杯水，端过来。

刘厂长忙接过来，笑笑道：我喝酒是真不行，真赶不上你呢。 心里却骂：你他妈的算是个什么东西啊。

正说着，就有人敲门，小李站起身去开门，走进来一男一女，男的是华东的雷科长，女的是湖北的廖主任。 两个人进来就朝刘厂长哈哈笑。 廖主任说：刘厂长，推两圈去啊，都说你是麻坛老将了。

霍科长就一屁股坐在了小李身边：走啊，李小姐不是说要洗光我腰里的钱嘛。说着，手就往小李腿上摸。

小李也不躲，还直往霍科长身上靠，笑道：我可是没带多少钱，输光了可是你掏。

霍科长一拍胸脯：没问题，咱们俩谁跟谁啊。

小李大概是被霍科长抠疼了，嗷的一声，跳起来笑道：霍科长，您轻点啊。

霍科长忙笑道：小李，别一惊一乍的，好像我怎么着你了。

廖主任笑道：霍科长真是喜新厌旧啊，刚刚还跟我甜哥蜜姐呢，这会儿又跟李小姐黏上了。

霍科长笑道：我哪敢跟您闹啊，您可是刘厂长的心上人啊。

刘厂长哈哈笑道：我可不敢夺霍科长之美啊。

正乱说乱笑着，电话响起来，刘厂长接了，一脸严肃道：好好，我就来。见面再说吧。三个人就看刘厂长。小李忙问：厂长，出什么事了？

刘厂长在屋里搓着两手：真是，我们家老太太又晕过去了，我真得回去一趟。

霍科长忙说：那您先回去吧。

廖主任也说：需要我们帮忙的，您只管说。

刘厂长忙说：不用，不用。那我就先回去看看，这里的事就先交给魏科长和小李两人了。 下午周书记可能来陪陪大家。 失陪了，真是不好意思。 就出去了。

其实刘厂长家里没有什么事，刚刚的电话是他老婆许春丽打来的，说表弟春生来了，问刘厂长有空的话就回来一下。 刘厂长借机跑出来了。 他实在不愿意陪着这帮人打麻将。 不是怕输，这次开会，厂里研究决定给刘厂长两千块钱赌资，专门陪着客户们打麻将的。 刘厂长是怕廖主任。 这个女人打扮得跟妖精似的，上次来报岁数是四十五岁，今年还是四十五岁。 还带着一个二十多岁的小伙子，跟面首似的。 还包了一个房间。 刘厂长跟她坐在一起时，她总是往刘厂长身上挤。 刘厂长怀疑她是个性欲狂。 听魏东久说过廖主任家里也挺不幸的，家里有一个二十几岁的傻儿子，廖主任都要愁死了。 也真够难为她的了。 廖主任是个大客户，她跟上海一家厂子一年就是一千多万的合同，让同行们看得眼热心跳。 她跟魏东久每年也就是订几十万的合同，小菜一碟。 这次，刘厂长已经偷偷跟魏东久说了，一定要让这个老妖精吃好玩好，争取从她身上多弄出几十万来。

刘厂长下楼时又到魏东久的房间去了一下，按了半天门铃，魏东久才开开门，见是刘厂长，脸上就有些不好意思，也没让刘厂长进门。 刘厂长也没进去的意思，就站在门口说了家里有事，让魏东久在这儿照看一下。 他晚上吃过饭再过来。 魏东久忙说：您去吧，您去吧。 要不用车送您回去? 刘厂长说：不用，你晚上把陈主任、廖主任几个照顾好就是了。 魏东久笑道：这您就放心吧。 刘厂长就忙下楼去了。下楼时想，魏东久不定又从哪儿弄来了女的，在屋里乱搞呢。

刘厂长骑着自行车，驶出宾馆的大门，用力呼吸了几口气，才觉得心里好受些了。

周书记到了交通队，就见到厂里那辆桑塔纳已经被拖车拖到了交通队的门口。 车已经被撞得不成样子了，周书记顾不上看车，就径直奔交通队的办公室。 办公室主任老齐是周书记的一个战友。

进了门，老齐正跟几个人吵吵什么呢。 老齐好像正在发火，好几个人好像也是有事求老齐，一个劲儿给老齐赔笑脸。 老齐看到周书记进来了，就点头笑笑：你先坐。 就转过脸不耐烦地对那几个人说：快走，快走，有事下午来，我有客人。

这几个人看看周书记，就转身出来了，有一个大个子走到门口，又不甘心地回头再说一句：齐主任，这事可都靠你了。

老齐连声说：下午再说，下午再说。 就把那人推出去了。 回过头就笑：我就知道你得来。 你们厂的车撞了。 就抓起桌上的烟，扔给周书记。

周书记说：不光是我们厂的车，还是我外甥开的车。 人怎么样了？

老齐笑道：我看着就像他。他还一个劲跟我套近乎呢，我没好理他。

周书记问：人怎么样啊？

老齐笑道：没事，人没事，车怕是不行了。你进门的时候看到了吗？

周书记松了口气：人没事就行啊，我姐姐就这么一个儿子，要是出了事，还不得要我的命啊。在哪儿呢？我能见见不？

老齐说：怎么不能见啊，跟他们说说，你先把他领回去，挨撞的那家是个个体户，我跟他们交涉交涉。

周书记跟老齐进了另一间屋子，见小孙正垂头丧气地坐在那里，满地的烟头儿。老齐喊一声：孙爱民，你们领导来看你了。

孙爱民一抬头，见是周书记，就眉头舒展了，笑道：舅舅，你可来了。

周书记看看孙爱民没事，就放了心。狠狠瞪了孙爱民一眼：我来了管什么用。你撞了人家，怎么办吧？

孙爱民苦着脸说：怎么办？算我倒霉。

周书记怒道：你倒霉？厂里更倒霉。一辆车十几万。

老齐对小孙说：你先回去吧。明天再来解决问题。

小孙就忙站起身出去了。

周书记跟老齐走出来。

老齐笑道：问题不大，那家个体户不在理，是无照驾驶。 就是小孙喝了酒，到时候别让他承认就是了。

周书记想了想说：你得给我吓吓他，这小子像个没把儿的流星。 那我先走了。

老齐忙说：你别着急走，我还有个事求你呢。 我小姨子的小叔子想调到你们厂，你给办一办吧。 找我好几回了。

周书记苦笑道：你有病啊？ 现在我们厂连工资都发不下来了，你亲戚还往里钻啊。

老齐诧异道：不对吧，前些日子我还听说你们厂的效益不错呢。

周书记笑道：你那是多少年的皇历了。 现在是一会儿河东一会儿河西。 上午河东下午河西。 我们厂的工人都放羊似的往外调呢。

老齐叹道：真是操蛋。 他们两口子都在一个厂，都开不出支来。 这日子怎么过啊。

周书记想了想：你在交通队认识人多，不能想个办法啊？

老齐摇头苦笑：认识人多管屁用啊，这年头办个事哪那么容易啊。

周书记突然笑了：你去找过罗振明没有，这家伙这几年可是发了。 他包了一个厂子，效益真是不错。 前些日子还给我打电话说他要做东让战友们聚聚呢。

老齐摇头道：他那个厂子不是个集体厂吗？ 我小姨子那个小叔子还不想去呢。

周书记骂：都他妈的什么年代了，还分什么集体不集体啊，挣钱就行啊。 说这话真是有病。

老齐想了想，就笑：可也是，你把他的电话号码给我，我好久没跟他联系了哩。

周书记就掏出一个小本本，找出罗振明的电话号码抄给了老齐，就走了。

刘厂长进了家，见老婆许春丽正在跟她的表弟春生说话。 见刘厂长进来，春生就站起来，叫了一声姐夫。 刘厂长笑道：春生来了啊，快坐吧。

春生笑道：姐夫开会呢。

刘厂长笑道：没忙死。 抽烟啊。 就拿起桌上的烟，又放下，掏出兜里的红塔山给春生抽。

春生笑：好烟啊。 姐夫也抽烟了。

刘厂长笑道：从会上拿的。 我不抽烟，装着给别人抽的。

许春丽笑着对丈夫说：你也把你们厂里的业务烟弄几盒回来，来个人咱家都没烟给人家抽。

春生深深吸了口烟，就笑道：我这次来想跟姐姐、姐夫说件事。

刘厂长笑道：说吧，反正你现在比我好过，我可没钱借给你的。 春生那些年家里的日子不好过，常常来表姐这儿要点儿这那的。 这几年春生弄了一个包工队，每年都弄十几万，气粗得不行。

许春丽笑道：春生想让你帮他找点儿活儿。

春生忙笑道：今年冬天没活儿了，想让姐夫帮着找点儿。

刘厂长苦笑道：我们厂现在都快穷得不开支了，还有屁活儿啊。

春生笑道：我听说供电局要盖楼，就包给我吧。 我听说姐夫跟供电局杨副局长认识啊。

刘厂长看了许春丽一眼，就知道这是她告诉春生的。 刘厂长跟供电局的杨副局长是大学同学，他也知道今年供电局又要盖家属楼。 可是老杨是个副局长，说话不顶事。 就是顶事，刘厂长也不想给春生帮这个忙的。 春生这些年学得挺黑，再说他那个包工队能干什么嘛，盖鸡窝也许还差不多。刘厂长笑道：老杨不一定管事。

许春丽嘲笑道：反正什么事情到你这里就复杂了。

春生笑道：您就介绍我认识一下就行。 就从提包里掏出一个厚厚的信封，放到桌上。 说：这是一万块酒水钱，姐夫您就看着办，不够用，我再拿。

许春丽就不高兴地说：老刘，你就帮春生张罗张罗吧，跟老杨说。

刘厂长苦笑道：不是我不肯帮春生。 这事情怕真是不好办的。

春生笑道：姐姐别逼姐夫了。 姐夫会办成这事的。 眼睛就盯着刘厂长。

许春丽看了一眼那桌上的信封，就对丈夫说：老刘你看着办吧，春生怎么说也是咱们的亲戚呢。就悻悻地扭身回里屋了。

刘厂长就说：春生你也别抱什么太大的希望，我先打个电话问问老杨。就抓起桌上的电话。

从交通队出来，周书记就去了姐姐家。

姐姐正在包饺子，小孙没回来。周书记就跟姐姐说了小孙撞车的事。姐姐吓得黄了脸，饺子也不包了，慌慌地问：这可怎么好？

周书记埋怨着：人家还不饶爱民呢。我早就不想让他开车，您还不高兴。上次已经出了一次事了，我就没敢跟您说。周书记就想着吓吓姐姐，就此不让外甥开车了。

姐姐恨恨地说：那就别让他开车了。你给他换换工作。

周书记点头说：行，不过您别让他缠得软了口又来找我。

姐姐忙说：不会不会。再让他开车我也得跟着吓死。

周书记就起身告辞。姐姐说：你就在这儿吃吧，包饺子哩。周书记摇头说：不行，小曼还等着我做饭呢。

姐姐看了弟弟一眼，发现弟弟头上的白发越来越多了，不禁心疼地说：你也该注意点身体了，都快五十岁的人了，不比年轻了。

周书记心头一酸，眼睛就有点儿发潮。 他爱人死了好几年了，家里就显得特乱。 他心里也特烦。 有些什么事，就爱跟姐姐商量。 有时一些事跟姐姐也不好说的，就自己心里烦着，就去打麻将。

周书记脸上笑笑：没事，我能吃能睡的。

姐姐又说：上次给你说的那个人怎么样啊，人家等着回话呢。 上个月姐姐托人给周书记介绍了一个对象，是毛纺厂的，刚刚死了丈夫，带着一个小男孩，比周书记小十几岁。

周书记脸一红：我还没想好呢。 岁数差得也太多了点。

姐姐想了想就说：那就算了，就说你不同意。

周书记笑道：这样说太愣了，您委婉些才好。

周书记回到家时，天已经黑透了。 进门就见女儿小曼正在做饭。 周小曼刚刚高中毕业，没考上大学，就在市里的职工大学念自费。 小曼一边上课，一边给一家合资企业打工，天天忙得什么似的，周书记进门就笑：今天怎么回来早了。 就进厨房要帮厨。 小曼笑道：您等着去吧。 就得了。

小曼把饭端上桌，也就坐下了，笑道：爸，你们厂不是开订货会吗，您干吗不去吃啊，把我也带去吃得了，省得咱俩弄这点儿破饭了。

周书记苦笑：那是一帮什么人啊。 一帮流氓。 就从酒柜里取出酒来倒了杯。

小曼笑：您管他们是什么流氓盲流啊，反正您吃您的不就得了。　您真是事儿多。

　　吃过饭，周书记和小曼看《新闻联播》。　看完了，周书记就说：我去睡觉了，不管谁来电话，都说我不在家。

　　小曼看看表就笑：爸，这才几点啊，您就钻被窝啊。

　　周书记也笑：我这几天太累了，想早点儿躺下。　就进洗手间洗了洗，然后就进了自己的卧室。　看了会儿书，就闭了灯，黑黑暗暗地想了会儿方瑜，就睡着了。

　　早上周书记起来，小曼早已经起了。　就进洗手间洗脸，就想着昨天晚上那个梦，梦见方瑜跟自己哭，哭完了好像还干什么来着，周书记一时想不起来了。　这时就有人来敲门。周书记满嘴白沫地开门一看，是办公室秘书小邢。　小邢一脸惊慌地说：周书记，老梁住院了，怕是癌症。

　　周书记一惊，一口白沫差点喷到小邢身上：他昨天还好好的呢。

　　小邢说：昨天他去医院查了查，大夫就没让他回来，就让他住院了。　还让他打电话把家里人也叫去了。　说已经做了 B 超，又查了血，确诊了。

　　周书记听得心跳，就胡乱擦了把脸，饭也没顾得吃，就忙和小邢出了门。　路上，周书记就对小邢说：你去通知赵副厂长、林副厂长，还有田副书记，要个车，一块儿去医院看看老梁。

　　到了厂门口，小邢又为难地说：还买点儿东西不？　咱们总不能空着手去啊。

周书记说：买吧。 说完就突然想起，厂里刚刚做出了职工住院不满五天的，厂里领导如果探视不再买礼品的规定。因为现在厂里真是没有钱了。 说：小邢，我记得你们办公室还有卖旧报纸的钱啊。 先拿出来花花嘛。

小邢说：行，不过这钱我没管着，都在梁主任那儿呢。

周书记皱眉道：你先去找赵副厂长他们吧，我想想办法。

小邢就去了。

周书记想了想就去了组织部。 组织部就方瑜一个人在。方瑜站起来：周书记，有事？

周书记道：小方，你把党费先借给我点儿，过些日子我再还你。

方瑜笑道：您干什么用啊？ 方瑜这人挺正经，办事总是一板一眼。

周书记就说了去看老梁的事。 方瑜呆住了，难过地说：老梁怎么得了这个病啊。 就开了保险柜，回头问周书记：拿多少？

周书记说：你先给我二百吧。 就在桌上撕了张纸，写了张欠条。

方瑜去年刚刚提的组织部副部长。 她爱人原来是市委宣传部的，前几年下了海，到南方做生意，听说赚了不少钱，还在广州开了一家公司，就要把方瑜也调过去。 今年方瑜就忙着办户口，可后来就没了信儿。 方瑜去了一趟广州，回来眼泪汪汪的，也不提去广州的事了。 后来人们才知道，她爱人又找了一个靓妹，要跟她离婚。 方瑜意意思思地不想离。

周书记暗着喜欢方瑜。 他总觉得方瑜身上有一种说不清楚的味道吸引着他。 听到方瑜离婚的事，周书记心中涌起一种莫名的希望。 有一回刘厂长私下跟周书记开玩笑：周书记，我看等方瑜离婚了，我给你当个红娘吧。 这女人挺好的，模样漂亮，心眼也好。 周书记脸红红地道：别乱讲，别乱讲。 方瑜在我手下干事呢，传出去成什么话了。 再说，我们年岁相差十几岁呢。 刘厂长哈哈笑：你呀，都什么年代了，现在都讲究老夫少妻嘛。 打麻将都带老少配呢。

周书记看着方瑜，就笑道：什么时间买了一件红毛衣啊，挺好看的。

方瑜笑道：早就买了。 您还注意这个啊。

周书记一时没话了，觉得挺干的，就说：那我去医院了。 就走出来。

方瑜追出来：我也去看看老梁。

周书记说：一块儿去吧。

两人就下了楼，小邢和赵副厂长正在楼下等着呢。 还有一辆面包车。 小邢说林副厂长和田副书记都不在。 周书记心里就骂：这两个家伙这几天都不好好上班，总到市委去告刘厂长的状。 就说：算了，咱们几个去吧。 四个人就上了车。

赵副厂长一路上对老梁的病大发感慨，感叹人生无常。

周书记一句话也不说，闭着眼，方瑜靠着他坐着，方瑜身上有一股挺好闻的味儿，弄得周书记心里乱乱的。 半道上，小邢下了车，去买了一兜子罐头，还开了一张发票。 赵副厂长跟了下去，让售货员多写了十块钱，赵副厂长说一会儿在医院门口买把香蕉，开不了票的。 小邢笑道：还是当领导的心细如发。

到了医院门口，就看到了水果摊，橘子、香蕉什么的一大片。 赵副书记和小邢下车去买了一大把香蕉，四个人进了医院。 小邢在前边引路，就找到了老梁住的病房。

老梁正躺着，亲友们来了好几个，在床边说着话。 见周书记来了，老梁就要挣扎着坐起来。 周书记忙说：你快躺着。 就发现老梁才一天时间竟憔悴了很多，心里想人是不扛病啊。

老梁苦笑着对周书记说：我到底是不是那个病啊？ 大家都瞒着我，如果是，就告诉我，别让我心里总提着个桶。

老梁的妻子就在一旁笑道：看你，你们领导都来了，我还能撒谎啊，就是胃炎嘛。 就偷偷给周书记使了个眼色。

周书记就明白了，老梁还不知道自己是那个病呢。

赵副厂长就笑道：老梁啊，你真个小心眼儿了，没事就没事嘛。

小邢和方瑜也笑道：真是没事呢。

老梁就叹口气：其实我什么都清楚。 就不再说话，闭上眼睛。

周书记就和赵副厂长走出来。 老梁的妻子也跟出来。到了门外，老梁妻子再也忍不住了，眼泪就唰唰地流下来。

周书记心里酸酸的，忙劝道：别哭了，事到如今，你哭也没有用的。

老梁的妻子哽咽道：他刚刚五十出头啊。 两个孩子都还没工作呢。 他要是走了，我这一家的日子该怎么过啊？

赵副厂长叹口气：刚刚周书记说了，你哭也没有用的，想尽一切办法治疗吧。

小邢和方瑜也走出来了。 方瑜说：不行就看看中医。有时中医比西医有效果。

老梁的妻子叹道：现在医院要押金呢，这还是靠个熟人住进来的呢。 过两天再不交押金，医院就往外轰了。 正好你们厂领导都在，是不是厂里先出点钱啊？

周书记就呆住了，他知道厂里现在没有钱。 就皱眉来回转圈子。

小邢问：要多少钱？

老梁的妻子说：规定先交两万。 找了找熟人，说可以先交一万。 我们家里的情况你们当领导的都知道，我一下子哪掏得出这么多钱啊！

赵副厂长看看周书记：现在厂里的钱都是刘厂长一支笔批。 你周书记批了管不管事啊？ 再说，你就是批了管事，也怕是厂里没钱啊。

几个人就都看着周书记。

　　周书记看看老梁的妻子，咬牙道：你们先别着急，更别在老梁面前显露出来，他心眼小，知道了对病情反而更不好。我今天就去宾馆找刘厂长，跟他商量一下，无论如何也要让老梁住院的。

　　老梁的妻子感动地说：那就多谢周书记了。

　　周书记摆手：别谢我了。你这几天就辛苦。我们先走了，如果有什么事，就给厂里打电话。找我找赵副厂长都行，都找不到，告诉小邢一下就是了。厂里这几天开订货会，乱忙着呢。就这样吧，咱们再看看老梁就回去吧。小邢、小方你们俩就别进去了，你们眼睛红红的，别让老梁看到了瞎想。

　　从医院回来的路上，小邢就发牢骚，说厂卫生所看人下菜碟，一车间的田涛不好好干活，在家泡工伤，每个月都报销一千多块医药费。胡所长签字唰唰的，痛快着呢。工人们意见大了，也不知道厂里到底是有钱没钱。

　　周书记皱眉道：有这事？我怎么不知道啊？

　　赵副厂长冷笑道：你周书记知道了也是管不了的。那田涛的姨父是刘厂长的同学。

　　周书记到了厂卫生所。卫生所冷冷清清的，没几个人看病。卫生所吵吵嚷嚷好几年了要改革，可也没改革出个办法来。前年刘厂长一上台，就逼着卫生所去外地学习改革经验。胡所长带着几个人出去转了几个月，回来搞了一个办法，就是每月发给职工三十块钱。你要是不看病了，这三十块钱就归你个人了；你要是超过了这个数，就给报销一半。还规定，职工都必须到卫生所看病，外出看病一定要经过卫生所的批准。可是两年多了，职工们都不到卫生所看病，都嫌卫生所的药贵，医生们也睁只眼闭只眼，谁想到外面看病就给谁开条子。今年厂里效益不好，职工们手里都攒着一大把药条子报销不了。

周书记进了卫生所，胡所长正在给两个大夫用扑克牌算命呢。见周书记进来，胡所长忙把牌收起来，笑道：周书记，您没去开订货会啊？两个医生都悄悄溜走了。

周书记看看胡所长，心里就有气。这个胡所长，原来是部队的一个卫生员，复员到厂里，先是当了两年司药，后来跟前任厂长关系好得很，就提了副所长。老所长退休后，他就提了所长。周书记听职工说，胡所长就会乱开药，什么也不会。他去年评职称，给自己报了一个高级医师，报到市里的职改办，人家没批准。谁知道他乱找人，竟然批回来了。卫生所的几个大夫气得不行，就要求调走。现在卫生所也是乱哄哄的。

周书记就对胡所长讲了老梁的病，让胡所长写个报告，给厂财务科，批给老梁五千块钱住院押金。

胡所长笑道：我写不管用的，得刘厂长批才算数。

周书记说：你写你的，我再找刘厂长。手续一定要有的。

胡所长说：那好，那好。就趴在桌上写报告。写完了，交给周书记。 周书记看了说行，让胡所长抄一遍，一会儿就送到财务科去。 周书记又想起小邢的话，就问：一车间田涛是怎么回事？ 怎么算上工伤了？

胡所长不高兴地说：车间和厂劳资处都给他开证明，说他是工伤，别人谁好说什么。 现在谁也不想得罪人。

周书记问：听说他上个月报了一千多块钱的药费？ 有这事？

胡所长点点头：有这事。

周书记就朝胡所长发火：不是有规定吗，所有到医院去门诊的都要经过你同意，你怎么就能随便让田涛去呢？ 再说别人都报销不了，怎么偏偏给田涛报？

胡所长一脸苦相：我有什么办法，他天天来吓唬我，您也知道，这家伙是个亡命徒，真闹起事来，算谁的啊！ 再说他姨父跟刘厂长关系好得很，我一个小小的卫生所长顶得住吗？

周书记想了想：你们派个人到医院问问，要得了这么多药费吗？ 找出证据来，我得治治这个小子了。 别人怕他，我可不怕他。 我不管他姨父跟谁好。

胡所长为难地说：您看我这里，人手太紧，要不您让办公室派个人去问得了。 胡所长明显有推托的意思。

周书记起身道：行吧，我找人去问问。 抬起身就走。 胡所长又喊住他：周书记，您要是找人去，就找个熟人去问问，现在医院都为患者保密，您要是这么公对公地去问，怕是什么也问不出来的。

周书记想了想，实在想不出机关谁跟医院有熟人，就说：你给我推荐一个。

胡所长就笑：宣传部的小吴的姐夫就是医院的副院长，你让小吴去问问就是了。

周书记就去了宣传部。一推门，宣传部的门锁着。周书记刚要走开，就听到里边有动静，就又敲门。里边有人问：谁啊？

周书记有点火：问什么问？开开门。大白天干什么呢？

屋里就逮耗子似的一阵乱响，门就开了，宣传部的小吴和工会的小黄几个人脸色慌慌地站在那儿，屋里烟雾缭绕。

周书记不高兴地说：又打牌呢？

几个人忙说：没有，没有啊。上班时间，谁敢啊！

有人笑嘻嘻地问：周书记，您没去宾馆啊？

周书记本来想发火，可是他现在有事找小吴，就说：你们注意点儿。小吴，你到我办公室来一下。就转身走了。

周书记刚刚坐下，小吴后脚就到了。

周书记看看他，没说话。

小吴被看得直发毛，就说：周书记，有什么事啊？

周书记掏出烟来，递给小吴一支。小吴忙掏出打火机给周书记点上了。

周书记说：有件事你去办办。就说了田涛的事。

小吴为难地说：这事问问就行，不过您可千万别说是我去调查的，那小子是个亡命徒，谁也不惹他的。听说他跟刘厂长的关系也不一般。

周书记不高兴地说：我就不信这个田涛是老虎啊？

小吴说：老虎倒不是，可是这年头谁也不愿得罪人。

周书记：好了，我替你保密，你去吧。

周书记去了宾馆。进了刘厂长的门，就见刘厂长正在跟几个客户说话呢。有两个过去开会来过，周书记就点点头笑笑。

刘厂长忙站起身，给周书记介绍客户。介绍完了，周书记就对大家笑笑：我跟刘厂长有点事。就拉着刘厂长走出门。

周书记就在门外说了老梁住院的事。

刘厂长吓了一跳：他昨天还好好的呢，还跟着喝酒来着。

周书记有点火：他老早就闹胃病，你怎么还让他喝酒啊。

刘厂长脸一红：在那种场合他不喝点儿过不去的。现在怎么着了？

周书记说：现在医院要押金呢，财务的钱太紧了。

刘厂长看看周书记：你的意见……

周书记说：住院要紧啊。别的先放一放。

刘厂长想了想：行，就这样，开完会，就能回来一部分款。 我下午去医院看看老梁。

周书记说：那我先回去了。

刘厂长说：你既然来了，中午就别走了，在这儿吃了再走，也跟一些新客户认识认识。

周书记骂道：都是一帮流氓。 我不跟他们喝。 你就在这儿吧，我吃了中午饭再过来。 说完就走了。

小吴到了医院，就去找当副院长的姐夫。 到了姐夫的办公室，没人。 就问别的办公室。 正好碰到李医生。 李医生跟小吴的姐夫关系很好，到小吴家喝过酒。 见到小吴，李医生就笑：小吴，你干什么来了，看病啊？

小吴笑道：我没病。 找我姐夫问点儿事。 他又不在，就问问你吧。

李医生笑道：我可是什么事也办不了，你最好还是等你姐夫回来吧。

小吴笑道：也没什么大事。 就说了本单位田涛乱开药的事。

李医生笑道：这事啊，你们单位的头头也真是的，让你当特务来了。

小吴笑道：头一回啊。 特务得不好，瞎特务一回吧。

李医生苦笑道：这是刚刚定下的制度。 门诊大夫的工资分解成两部分，比如说你挣四百块钱，发工资时先扣下你一半，这一半就看你这个月开出多少药去了。 中草药给你提百

分之十的利润，西药和中药提百分之九的利润。 等你的利润
到了二百，就发给你那一半工资，然后就是挣奖金了。 你说
这不是逼着大夫宰病人嘛。

小吴笑道：现在真是连病人也欺侮啊。 中央发多少回文
件反对不正之风了，前几天我还看到《健康报》上讲卫生部
的领导讲话，讲不让乱开药呢。 你们院长也不看报？

李医生笑道：我们院长比谁不明白啊，那天就骂，我不
这样干，谁给我们的大夫开工资开奖金啊？ 我还想挣些钱来
给大夫们盖房呢。

小吴笑：其实你们院长挺可爱的，至少不仅想着自己
捞，而且还为大家谋福利啊。 就起身告辞。

李医生起身送小吴，笑道：回去跟你们领导说，医院也
有医院的难处。

小吴说：我是如实汇报，管不着别的了。

小吴就给周书记汇报了这些情况。

周书记听得直叹气：操蛋的，这中国还怎么办啊。

小吴笑道：我可是完成任务了。 就看您怎么收拾田涛这
小子吧。

周书记没理小吴，就黑着脸给胡所长打电话。 胡所长接
了电话。 听了周书记不让给田涛报销的指示，就为难地说：
田涛那小子是个愣货，把他惹急眼了咱们可是不好办的。

周书记生气地说：你让他找我来好了，就说我不让给他
报的。 你就当好人吧。 说完把电话摔了。

小吴在一旁竖起大拇指：周书记，我算是佩服你了，行，行，像个当领导的样子。不像有些领导，光当好人。

周书记笑骂道：别当面给我戴高帽，背后骂我祖宗啊。

小吴脸一红：看您说到哪儿去了。就告辞出来。周书记又喊住他：小吴，不许再打牌了，如果再让我抓住，我可真扣你们的工资了。

小吴就笑：周书记，我听说下月可能都发不出工资了，你扣谁啊。就看看表说：哟，都下班了，赶快走吧。就出门走了。

周书记回家吃中午饭。进了门，女儿小曼没回来，给他留了张条子，说她去那家企业加班去了，让他自己弄饭吃，不要等她了。周书记就挽起袖子进了厨房，想下点面条吃。刚刚切好了菜，就听到屋里的电话响了。他忙擦擦手，跑出来接电话。是老吕打来的。周书记笑骂：你连饭也不让我吃安生啊！

老吕也笑，说：谁让你是领导啊。老吕说：工人们为了赶这批活儿，干得太苦，能不能多报几个加班啊？

周书记说：报。多报几个。他们在宾馆大吃二喝，我们报几个加班算个屁！

老吕说：好。

周书记忙说：这话只是咱们两个说说，你别出去乱讲啊。大吃二喝和加班，都是革命工作。

老吕就说：我当然只能这么说啊。行了，你去吃饭吧。

周书记笑：我还没做饭呢。 吃个屁啊。

老吕笑：谁让你不去宾馆吃，大鱼大肉的，多好啊。 就放了电话。

车间里正在组装。 那边焊工大侯正在焊几个大铁架子，没人给他扶着，老吕就让陈小梅去帮大侯。 大侯平常就爱跟陈小梅乱说乱笑，这一下子就来了劲，嘴里嚷着：小梅，你快上去吧。

陈小梅笑骂：我上去，要你干什么啊。 你上去。

大侯就坏笑：那我就上去了，可是你让我上去的，我就不上白不上了。

陈小梅笑骂：你还不赶快回家看看，你老婆现在也正在让人家上呢。

正在说笑着，就有个外车间的工人跑进来，高声骂道：你们还他妈的像话吗？ 三车间的去市委门口了，咱们也去声援一下啊。

大侯就火了：操蛋的，谁不义气啊，走，去声援一下。 就扔下焊枪走了。 也有几个工人跟上走了。

老吕和支部书记老乔追出来。 老吕喊：大侯，你们去哪儿啊？ 都回来，这活儿急着要呢。

大侯气嘟嘟地回头骂了一句：三车间都鸡巴开不出工资了，我们得去帮着喊喊啊。 有人味的都去看看啊。 于是，陈小梅几个人都跟着大侯骑着自行车走了。

老吕气得跺脚，回头对老乔说：你去给刘厂长打个电话，就说工人去市委门口闹事去了。我得去看看，别闹得太不像话了。就骑上自行车追了出去。

老乔就不情愿地说：是事不是事的都让我去跟刘厂长说去，我成了你的跑腿的了。就转身进了车间去打电话。

老乔的电话打到宾馆时，刘厂长正在跟几个客户嘻嘻哈哈地聊天呢。刘厂长接了电话，听说了工人们到市委门口静坐的事，就吓了一跳。市委早有规定，哪个厂闹事，就拿头头是问。刘厂长放了电话再给周书记打电话。电话没人接。刘厂长烦烦地放了电话，就慌着找来小李，让她回去找周书记，让周书记把工人们喊回来。

小李想了想说：您最好跟周书记一块儿去看看，周书记那脾气，要是跟那些人吵翻了，就更不好办了啊。

刘厂长心烦地说：我一会儿得陪着冯主任和廖主任打麻将啊，我一走不是晾了人家了嘛。真他妈的乱。行了行了，你先去找周书记吧。

小李忙出来了。到楼下骑上自行车，就匆匆赶到厂里，周书记还没来上班呢，就去办公室问小邢。小邢正在织毛衣，看了小李一眼，就说：我也不知道周书记去哪儿了。小邢对小李没好印象，就不再理小李了。小李着急，就出来，想去周书记家找找。刚刚下楼，就看到周书记匆匆地来了。

小李急着喊：周书记，您可来了。就说了刘厂长让他去市委门口劝工人们回来的话。

周书记今天有点感冒，中午多睡了会儿。 出门推自行车，发现自行车的气门芯被人拔了，他只好推着来上班了。他头晕晕地听小李说了，没说话，就往办公室走。

小李追着周书记的屁股说：周书记，这事怎么劝啊，您除非提着钱去请大家回来。 现在不开支，叫谁也不会听的。

周书记屋里的电话铃叫成一团。 周书记忙掏出钥匙开开门，提起电话，是李局长打来的。 李局长在电话里喊：你去哪儿了？ 你们厂二百多人在市委门口呢。

周书记忙说：我知道了。

李局长来了火：知道了你还这么沉得住气。 都给我弄回来。 赶快弄回来！

周书记也火了，他对这个新上任的局长一直不满意，总是在电话里训人，到厂里就来过有数的几次。 周书记就嚷起来：弄回来？ 说得轻巧，怎么弄？

李局长火冒冒地说：怎么弄？ 该怎么弄你就怎么弄。

周书记平静了一下口气：我也没办法，厂里有几个车间几个月都不开支了，工人们要吃饭啊。 没饭吃总要闹事的。

李局长问：开不出支，工人们反映你们厂领导在宾馆大吃二喝呢。

周书记火了：那是订货会，不吃不喝行吗！

李局长硬硬地说：我不管，反正你现在就去把工人们给我弄回来。

周书记说：我没办法，你去让公安局的把工人们都抓起来吧。 就摔了电话。

周书记就对小李说：咱们去看看。 就走出门，到了办公室，小邢正在织毛衣，见周书记进来，忙想藏起来。 周书记却不理会，对小邢说：我去市委门口，把工人们喊回来。 把你的自行车借我用用，我的车让人给拔了气门芯了。 已经好几回了，也不知道谁对我这么大的意见？

小邢笑道：我还是去给您派车吧，您当书记的这时候骑车去，不是装样子嘛。

周书记苦笑道：我可不是装样子，我是怕工人们一闹起来，把车给砸了。 要是砸你一辆自行车我还赔得起。

小邢笑道：那你就拿着部下的个人财产去冒险啊。 就把车钥匙掏出来给周书记。 又关心地说：你去行吗？ 那帮人都疯了似的，谁说也不听的。

周书记说：不听也得听。 总不能胡闹嘛。

小邢想了想：你还是请刘厂长一道去吧，他比你……小邢想说刘厂长比你周书记说话顶事。 可是话到嘴边，看了看周书记身边的小李，就又咽回去了。

周书记摇摇头：他在宾馆也不轻松。

小李在一旁说：那几个客户正跟刘厂长在牌桌上说合同的事呢，他怎么能在这个节骨眼儿上出来啊。

周书记就看到工人们都在市委门口坐着，不像想象的那样乱。 人们都嘻嘻哈哈的，男的打牌，几个女工慢条斯理地织着毛衣聊天。 有的看到周书记和小李过来，头就扭到一边，谁也不看周书记和小李。 周书记就看到老吕也在人群里，正在跟大侯几个说什么呢，一脸哀告的表情。

周书记笑道：你们也真不怕冷啊。 有感冒的没有？ 我是不是让卫生所给大家送点药来啊？

没人跟他说话。

周书记笑道：局长刚刚给我打电话，说让我劝大家先回去，有什么事情慢慢商量，咱们已经跟银行说好了，下个月就贷些款回来，给大家发工资。

有人讥笑道：周书记您就别给我们吃迷糊药了，银行还能贷给咱们厂啊。 银行早就吓怕了。

就有人骂起来：头头们黑着心去吃，没人管我们，我们就找政府了。

有人喊道：现在厂里穷得叮当响，可你们在宾馆里大吃二喝，像话吗？

有人讥笑道：咱们厂的魏胖子都吃得走不动了，还吃呢，不定哪天吃死在桌上呢。

周书记笑道：这样说就不对了，在宾馆开会也是工作。不开会谁来订咱们厂的产品啊。

有人就骂：那也用不了那么多人去陪吃陪喝啊。 还有一个小娘儿们干什么去了？ 去卖去了？ 能卖回几万合同来？

人群里一阵哄笑。 周书记身旁的小李就有点儿待不住了。

有人直接问小李：小李子，都说你能喝一斤酒，脸不变色心不跳啊。

你不能白喝啊，总要喝回几万块钱的合同来啊。要不然还不如我们去喝呢。

是啊，这年头男的喝不过女的。

小李脸涨红了，眼睛里就挂了泪，转身就骑车走了。人群中发出一阵哄笑。

周书记嗓子有点喑哑：其实大家也都知道，刘厂长是在陪客人，这客人咱们惹得起吗？咱们指着人家吃饭呢。就这个风气，谁也没有办法，我们也想不用请客、不用送礼就把事情办了。诸位谁有这个本事，就来当这个书记，就来当这个厂长。我姓周的现在就给他磕头了。周书记的声音有些发颤了。

谁也不说话了，就听到风单调地刮着，沿街扫荡着。穿过路旁那铁黑色的枯枝，发出尖尖的啸声。

周书记叹口气：其实我也跟大家一样着急。厂里生产出的东西卖不动，我都想骂人，可是骂谁，谁也不会让我骂的。

有人就笑：你就骂您自己得了。要不就骂魏东久那个王八蛋。厂里穷得揭不开锅了，他家里可是肥得流油。

周书记苦笑道：我知道大家对魏科长有看法，魏科长身上也有毛病，可是眼下咱们还指望着魏科长这块云彩下雨呢。这次订货会开好了，咱们厂明年的生产就有戏了。咱们在宾馆的同志任务也不轻松啊。 咱们办公室的梁主任，昨天刚刚住了医院，怕是不太好，可他也去宾馆喝酒了。 我们能说他喝得不对吗？ 事先，他都求到我头上了，说周书记，您就别让我去了，我喝了就要死要活的。 我说什么，我说老梁啊，去吧，全厂的职工指望着你们拿回明年的订货合同来呢。 说到这里，周书记的声音就哽住了，眼睛就湿了。

人们一下子闷下来。 就有人埋下头去了。

周书记说：要是咱们能在这儿坐着泡出工资来，我就和大家一块儿泡着。 可咱们什么也泡不出来的。 回去吧，得干活儿啊。 咱们不干活儿，指望什么吃饭啊？

有人站起身，苦笑道：周书记都说到了这个份儿上了，回去吧。

人群就开始松动了。 几个女工就跺跺脚，骂着鬼天气，就先撤了。

看着工人们都散去了，老吕就走过来，朝周书记苦笑道：我刚刚真为你捏着一把汗呢。

周书记叹了一口气：我也就是当着这个书记算了，不然我也得……他不再说，步子软软地推起车子走。 老吕也推着车子跟在他身边。 两人都闷闷地，不说话。 走了一会儿，周书记问老吕：你们车间的韩志平今年写困难申请没有啊？

韩志平是厂里的劳动模范，妻子去年得了胃癌。 韩志平也没跟厂里说，晚上去医院陪床，白天照常上班，没人的时候就偷偷地掉眼泪。 后来老吕去他家串门，才知道了，就让老韩在家休息伺候老伴儿，车间每月给韩志平开百分之七十的工资。

老吕叹口气：老韩从来不写那东西的。他拿他这个劳模挺当回事儿的。现在这样的人不多了。听说他这几天也发烧呢。这一阵子感冒的挺多。

周书记想了想：眼看着就要过年了，咱们去他家看看吧。两个人就闷闷地骑上车。

老吕叹了一口气：周书记，我真是跟不上形势了，今天我就跟你说句反动话，这改革怎么改得工人们医药费医药费报不了，工资工资也开不了。过去国家穷，可孩子们上学总是不要钱的，现在国家富了，怎么连上学都要收费了啊？我那大女儿上学要交五千块钱呢。真是操蛋了。都这样了，报上还一个劲地嚷形势大好呢。我真是想不透。我水平低，你可是当领导的，你跟我说说看，这到底是怎么了？工人们问得我张口结舌的。

周书记狠狠盯了老吕一眼：就你考虑问题多，别人都是傻子，行了吧。就没好气地朝前蹬去了。

两人到了韩志平的家，老吕抢在前边，喊道：老韩，周书记来看你了。

瘦瘦的韩志平迎出来，见到周书记，就笑道：周书记啊，深入群众。快快，屋里坐吧。

周书记进了屋，就见到一个老太太坐在沙发上，正在喘着。

韩志平笑道：这是我岳母。 刚刚从老家来的。

周书记凑过去，在老太太耳边说道：老人家，身体还好吧？

老太太抬起头，傻怔怔地笑笑：坐吧。

韩志平说：耳聋了。 咱们到里屋去坐吧。

三个人就到了里屋。 里屋的被子也没有叠，床前的写字台上，饮水的缸子、药瓶子，还有一些乱七八糟的，堆得狼藉。 看得出女主人住院，使得这家的生活已经乱了秩序。

周书记问：爱人怎么样了？ 谁在医院陪着呢？

韩志平苦笑道：两个儿子替换着呢。 看样子这个年是过去了，暂时还要不了命，可是这日子也真是不好过啊。

老吕说：这一阵儿厂里乱忙，我也没顾上来看你，听说你也病了？

韩志平笑笑：发了几天烧，好多了。

周书记皱眉道：到年底了，你就该写个困难申请嘛，你是老先进了，厂里总要照顾一下的嘛。

韩志平苦笑：厂里都这样了，比我困难的有的是，我怎么好写那个。

老吕说：他爱人的厂子早就不开支了，这住院费还是个事呢。

周书记一阵无语，呆呆地看着窗子，有只苍蝇趴在上边飞不动了。

老吕叹口气：老韩，不行就先借点吧。

老韩凄然一笑：跟谁借？ 咱们借了啥时还人家啊？ 我想了，明天就让老婆出院，总是死不了人的，硬挺着吧。 说着泪就落下来。

周书记对老吕说：你明天一上班，先到厂财务科，借两千块钱来，给老韩家属先看病。 医院是不能出的。

老吕为难地说：财务科有规定，厂里一律不得私人借款。

周书记：就说我说的，明天我上班先给财务科打个电话。

老韩有些口吃地说：周，周书记，这，这事还是，算了吧。

周书记硬硬地说：这你就别管了。 就这样吧。 说着，从兜里掏出一沓钱，放在床上：我也没带多少，你先给爱人买点肉吃。 说罢起身：老吕，咱们走吧。

韩志平忙抓起钱，往周书记手里塞：书记，这可不行的。

周书记脸就暗下来：什么行不行的。 你别嫌少，再多我也拿不出来。 全厂都要让我来掏，我就得自杀了。 说着就走出门。

老吕在后边说：书记给你你就收下吧，我今天可是没带着钱。

韩志平苦笑道：那我就人穷志短了啊。 说着，泪又落下来。

订货会今天基本算是开完了。 刘厂长在东方大世界请客户们玩一玩，还让大高准备了十几个胶卷，说是要给每人留一个影。 大高笑道：那就买富士的吧。 刘厂长不耐烦地说：你看着办吧。 哄得那帮人高兴就是了。

刘厂长又给厂里打了个电话，让周书记等几个厂领导都来跟订货会的客人们见见面，玩一玩。 周书记在电话里说不想来。 刘厂长就急着说：你就看在我的面子上来一下吧，都订了合同了，无论如何要让这帮家伙高兴啊。 我求你了，我的哥哥哎。 这又不是我姓刘的一个人的订货会啊。

周书记苦笑道：我今天真是感冒了。 你给老田老赵老林他们几个打电话吧。

刘厂长也苦笑：你都不肯给我面子，他们那几块料能买我的账啊。 算了吧。 就把电话放了。 一旁的魏东久冷笑道：周书记的架子好大哎。

刘厂长烦烦地说：你少说点废话吧。 走，咱们走。 刘厂长这两天让许春丽麻烦得心慌，许春丽看上春生那一万块钱的好处费了，一天好几个电话打到宾馆，追问刘厂长跟杨副局长讲了没有。 刚刚又在电话里跟刘厂长吵了起来，说刘厂长是个傻蛋。 气得刘厂长把电话摔了。

东方大世界是本市新建的一座舞厅，是郊区的一个小康村办的，据说公安局也在里边入了股，就没有什么人敢来打砸闹事。 这里是本市有头有脸有钱人消费的去处，刘厂长带着人进去的时候，里边已经满满当当了。 刘厂长就低声对魏东久苦笑道：魏科长啊，咱们可是刘姥姥进了大观园了。

走在前边的东北的陈主任大声嚷嚷着：魏科长，找小姐啊，我这脚底下可是早就痒痒了。

山东的冯科长就笑：陈主任是手痒痒了，这几天早就憋坏了，总想抓抠点什么呢。

魏东久就笑：我就去我就去，今天一定让各位尽兴。 就颠儿颠儿地跑到服务台去了。

刘厂长招呼大家坐下，小李就忙前忙后地给这些客户安排座位，又跟服务小姐要茶水香烟瓜子饮料什么的。

刘厂长瞅冷子悄悄地对小李说：悠着点，我可是听说这里边的东西贵得吓死人呢。 这一壶茶几块钱？

小李差点儿笑喷了：厂长，您真是的。 几块钱？ 这一壶茶八十元。

刘厂长像挨了一棍子：操蛋了，喝血呢？ 少来点儿，我不喝了。

小李笑：您不喝，别人还不喝啊。 怎么着也得一个桌上一壶啊。

刘厂长咬牙切齿道：操蛋的，你就看着办吧。

魏东久屁颠屁颠地回来了，还领来十几个花枝招展的女郎。 魏东久就笑：各位老板，人我是都请来了。 大家都上吧。

　　几个客户嗷的一声，就都拥上去，一人一个地瓜分了。各自拉到自己身边开始殷勤招待了。有几个小姐还抽着烟，像久别的朋友一样跟客户们嘻嘻哈哈地乱说乱笑。冯科长和陈主任性急，早就拥着小姐进了舞池。

　　魏东久笑着对刘厂长道：厂长，您也跳一个吧。

　　刘厂长忙摆摆手：你们先跳，我歇会儿再上。刚刚酒喝多了些，头晕得很。

　　小李笑：行了行了，厂长，别装了，你就是放不开。老魏，你过瘾去吧，厂长交给我了。魏东久笑笑，就拥着一个披肩发进了舞池。

　　小李就笑道：厂长，我就不相信你不会跳。

　　刘厂长认真道：我真的不会，你就别在我身上下功夫了，你该怎么着就怎么着吧。

　　小李看看舞池，悄声对刘厂长道：刚刚喝酒的时候，陈主任答应订咱们一百万的任务了。

　　刘厂长高兴道：真的？小李你可真是立了功了。他有什么条件啊？

　　小李笑道：条件就是让我今天给他找个姐，陪他一宿。

　　刘厂长变了脸，低声说：小李，这事你可慎重点儿，咱可是不能太出格了。

　　正说着，冯科长气呼呼地过来了，问小李：魏科长呢？

　　小李笑道：您还找他啊，他早就转得晕头转向了。什么事，您跟我说。

冯科长骂道：你们这里怎么找了个村姑啊，那手根本就不能摸，跟柴火棍子差不多少，一点味道也没有，别拿这种货色对付我啊。

刘厂长忙笑道：换一个，给冯科长换一个。 小李，去到服务台给冯科长换一个漂亮的来。

小李就颠儿颠儿地跑到服务台去了。 一会儿，就领来一个大个子年轻女的，往冯科长身边一站，小李就笑道：小姐，这位是我们的冯老板，请您跳舞。

冯科长眼睛就直了，忙笑道：不忙不忙，小姐先坐坐。

那大个子笑道：不客气了。 就招手，服务小姐就款款过来。 大个子笑道：两个饮料，两碟瓜子。 冯科长也笑：快点上啊。 就一屁股坐到大个子身边。

刘厂长就心里骂：又是个骚货。 就点着一支烟，猛吸起来。

小李笑道：厂长，您也去跳一个吧。

刘厂长忙摆手：我不行，一进去就犯晕，你去找魏科长跳吧。

小李笑道：他现在早跳得五迷三道了。 说着，往舞池里找魏东久，就看到魏东久正搂着一个披肩发在池子里边转呢。

魏东久今天一来就瞄上了这个披肩发，不等别人上前，他就拥着披肩发下了舞池，疯跳起来。

披肩发笑道：这位先生舞得真好。

魏东久笑道：真的吗？ 我这人可是最喜欢让人夸我。说着，就伸手在披肩发腰上拧了一把。 披肩发似乎要躲避，可是被魏东久抓住了，魏东久低声笑道：别不好意思嘛。

披肩发没说什么。 一曲终了，魏东久就扯着披肩发朝后边的单间去，披肩发犹豫了一下，就跟魏东久去了。

到了单间，魏东久就喊小姐送饮料。 小姐就端了饮料和瓜子。 灯光挺昏暗的，魏东久心里就有些起火，嘴上说：喝啊喝啊，就把饮料送给披肩发。 披肩发接过来，魏东久一把抓住披肩发的手，就感觉出披肩发的小手嫩嫩的，魏东久就笑：小姐多大了？ 披肩发声音有些急，低声道：先生喝多了。

魏东久就猛地搂过披肩发，摁在了沙发上，披肩发就奋力挣脱着，却不嚷，也不叫。 魏东久气喘着：就摸摸嘛。

披肩发猛地甩开了魏东久，站了起来：先生，我们是陪舞的，不是……

魏东久嘻嘻笑道：谁还不知道是怎么回事啊。 就又扑上来，披肩发一闪，就撞到茶几上摔倒了。 魏东久就捉住她的腰。 披肩发就哭起来。 魏东久一怔，就笑道：哭什么嘛，跟我玩一玩，我多付钱的嘛。

披肩发猛地捂住嘴，哭得更厉害了：要是您的女儿也被人这样呢？

魏东久愣了一下，就松了手。

披肩发低声哭道：我丈夫刚刚被车撞了，腿断了，在医院躺着呢。 我们厂一年多不开支了，我是没办法才来干这个的啊。 就说不下去，又捂着嘴哭了。

魏东久叹一口气：干你们这个的也挺不容易的啊。 就没精打采地坐在沙发上，挥挥手：你去吧，跟那几个去跳跳吧。 披肩发怔了怔，就往外走。 魏东久又喊住她：你回来。 魏东久从兜里掏出两张大票来，递给披肩发：拿着，就算我学学雷锋吧。

披肩发犹豫了一下，就接过钱：谢谢先生。 就出去了。

魏东久呆呆地，觉得挺没趣，过了一会儿，就走出来，看到那一圈沙发里已经乱成了疙瘩。 陈主任抱着那个小黄，正在沙发上又抠又亲的。 冯科长跟两个女的正在嘻嘻哈哈地乱说乱笑呢。 大高举着照相机跑来跑去地给人们照相呢。那边的沙发上，小李跟廖主任低声说着什么，廖主任很亲热地握着小李的手。

刘厂长看到魏东久就说：老魏，你怎么不跳了啊？

魏东久笑笑：我有点头疼，这几天喝得太多了。

一个小姐就笑吟吟地过来对刘厂长说：先生，请您跳一曲啊。

刘厂长起身笑道：真对不起了，我得去方便方便。 就往洗手间去了。

魏东久笑道：小姐，我来跟你跳。 就搂住那小姐。 两人走进舞池，小姐嘻嘻笑道：先生，别弄疼了我啊……

今天早晨一上班，周书记感觉自己身上冷得很，感觉自己真是感冒了，就翻抽屉找药。 有人敲门，他就喊一句：进来吧。 组织部的方瑜走进来，有点儿惊慌地说：周书记，离退休的闹事呢。 韩书记刚刚找过我，说一会儿要跟您谈。

周书记一愣：又出什么事了？

方瑜苦笑道：为今年的取暖费还没发的事。 有几个老同志也实在不像话了，都忘了自己在台上的时候怎么训别人来着！

周书记找出几片药来，吞进肚子里，又弄了口水喝了。

方瑜问：您病了？

周书记笑道：没事，没事。

方瑜道：周书记，这些离退休的可是不好惹的，其中有些是咱们厂的建厂元勋呢。 您说话还真得加点儿小心，别让他们抓住什么把柄。

周书记恨道：我就是奇怪，就像刚刚你说的，这些老家伙也都是拿大道理训过别人的，怎么现在轮到自己头上了，一点儿破事就闹腾呢？

方瑜苦笑道：人在台上的时候，说的比唱的还好听；到了台下，为自己屁大一点儿的事情也闹。 人啊，有时想想是挺没劲的。

周书记摇头道：咱们厂的老同志多数还是挺有水平的，也就是个别人。

方瑜苦笑道：就这个别人就够您喝一壶的了，还要多少啊。 就要转身走。

周书记喊住方瑜：小方，你的家里事怎样了？

方瑜看着周书记，眼圈就红了。

周书记也叹口气：你看，这种事不大好问，可我不问问，也不好似的。

方瑜说：他的心也太狠了，孩子刚刚上学，就没了爸爸。 说着眼泪就落下来。

周书记叹道：你不想离，他非要离，也是过不好的。 你整天没精打采的，也影响工作啊。 组织部有人也反映你了。

方瑜掏出手帕，擦了擦眼泪：谢谢周书记，这件事我一定处理好。

周书记点点头：你去吧，打电话喊那几个老同志来。 就说我在呢。

方瑜出去了。 周书记心里就挺替方瑜难过。 他几次想劝方瑜离了算了，人家都不要你了，你还赖着什么劲啊。 可周书记张不开口，怎么好跟人家说这个啊。

正在想着，胖胖的田副书记推门进来了。 田副书记就笑：周书记啊，家里有我呢，你去宾馆算了，订货会你要是不露面，也不太好的。

周书记苦笑道：我真是喝不了酒。 其实你去最合适了，你能喝啊。

田副书记自嘲地笑道：咱们不是不管经营嘛。

田副书记有情绪。 局里去年想把周书记调到局里去，让田副书记接班。 可是刘厂长死活不肯，说若是田副书记当书记，他就不干了。 于是，田副书记就还当副书记，就对周书记劲儿劲儿的。 有一段时间都不跟周书记好好说话，党委开了几次生活会都没能解决问题。

田副书记又说：老干部闹事呢。 一会儿就来找你了。

周书记说：来就来吧，刚刚方瑜告诉我了。 谁带的头啊？

田副书记说：韩书记呗，别人靠不了前，这种事，就是他张罗得欢实。

正说着，门就推开了。 一个头发灰白的老头儿走进来。

田副书记笑道：韩书记来了。 快坐，快坐。

韩书记看看周书记：你可是好难找啊。

周书记一边给韩书记倒水，一边笑道：刘厂长在宾馆开会，家里这一摊子也真够我乱的了。 您喝水。

韩书记看看田副书记：正好你也在，也坐下听听吧。

田副书记忙笑道：真不巧，我还有个事，你们先谈着，先谈着。 就退了出去。

韩书记脸上滑过一丝嘲讽的笑意：这个小田还是跟泥鳅似的啊。

周书记笑笑没搭话。

韩书记说：你是书记，我们这些老家伙只好找你了。 这个月的医药费为什么不能报销啊？ 要不报都不要报嘛，为什么有的在职的就能报啊？ 这不对嘛。 还有，今年的烤火费为什么少发三十块钱呢？ 烤火费是国家规定，你们想变就变啊！ 现在离退休的职工意见很大，我们几个老同志做了不少工作，大家要闹事啊。 如果是小小不言的事也就算了，我也不会来找你们的，这种关系到职工切身利益的事情，闹起来可是众怒难犯啊。 说到这里，眼睛盯着周书记，不再说了。

周书记呆呆地看着这个老头儿，像看一个不大高明的演员在演戏。 他知道，厂里的许多事情都是他挑头闹起来的。 去年过国庆节，在职职工发了五斤牛肉，没给退休的职工，这个老头儿就火冒三丈，带着一帮老干部找到市委去了。 厂里的领导都怕他，都知道他难缠。 他当书记的时候，就是局里出了名的铁嘴。

周书记笑道：老领导，我来的时间不长，可是您的大名我是如雷贯耳啊。 听说您做思想政治工作可是有一套的，在市里都是响当当的呢。

韩书记警觉地看看周书记：你还是跟我谈谈现实问题吧。

周书记点点道：我记得您是四二年的吧。

韩书记不得不接过周书记的话头来：是的。 正是日本人大扫荡的那年。

周书记笑笑：跟我舅舅一年的。 他现在的精神头儿可不如您了。

韩书记有点儿不耐烦地说：周书记，今天我来可不是听你叙旧的。

周书记看着韩书记，笑道：您是老领导了，听说您还是这个厂的……

韩书记不耐烦地说：你也别给我啰唆了，到底怎样答复我们的条件，你代表党委说个准话。 如果不行，我们就到市委反映。

屋子里的空气一下子紧张起来了，只听到两人的喘气声。 周书记点着一支烟，突然想起，又递给韩书记一支。韩书记摆摆手。

周书记看着韩书记：您刚刚说什么？ 条件我现在就答复您。 一、您代表谁？ 群众有了思想问题，您不是去做积极的思想工作，而是代表他们跟厂里闹事。 换换位置，您该怎么看？ 二、您刚刚说您要到市委反映，去反映什么问题？您总不会拿出当年对付国民党那套对付共产党吧？ 您也是个老共产党员了啊。 我说句冒失点儿的话，咱们厂现在离退休职工闹事，您没少出谋划策。 我说话愣了点儿，您这样做，是不是太不应该了。

韩书记一下子站了起来，脸红红的：放屁！ 你敢这样对我说话。

周书记笑道：您要我怎么说话？ 刚刚方瑜同志反反复复地跟您讲了，不就是今年的取暖费少发给你们几个老同志三十块钱吗？ 您就至于到市委去静坐吗？ 您觉得那样好看吗？ 如果街上有熟人看到您，您该对人家说什么啊？ 再者，对您这样的老同志，厂里没有拖欠过你们一分钱的医药费，可是您知道不知道，厂里几百名退休工人两年多没有按时报医药费了。 今年的取暖费，他们一分钱也没有发。 他们可是一个人都没来找过。 也许您会讲，他们没有您这样的革命资格，可是……周书记突然打住，他本来还想说韩志平的事，可是他突然没了跟这个老头儿说话的兴趣，就摆摆手：我不跟您废话了，您参加革命的时候，还没我呢。 您愿意去哪里就去哪里吧。

韩书记被激怒了，猛地站起，一拍桌子：我去找市委，你不要以为我不敢去。

周书记点头道：我没有说您不敢去。

韩书记狠狠盯了周书记一眼，就气呼呼地摔门出去了。

方瑜走进来，吐吐舌头：天啊，您可真行，连他也敢惹啊。

周书记叹口气：我已经豁出去了。

方瑜叹道：他可是在市里有不少门生弟子啊。

周书记苦笑道：县官不如现管……

小邢闯进来，脸上慌慌地：周书记，不好了！

周书记笑道：是不是东西又涨价了？ 看把你急的。

方瑜也笑：邢秘书，你慢慢说嘛。

小邢就说：三车间闹事呢，大张那个野匪把老吕打坏了。

周书记惊了一脸：操蛋，这个小子反了，敢打人啊。

小邢说：您快去看看吧。

周书记赶到三车间，车间里已经挤成了疙瘩。有人就喊：周书记来了。周书记就分开人群进去，见大张正在那里乱叫乱跳，几个工人用力拉扯着他。地上有一摊血，一定是老吕的血。周书记就问：老吕呢？

车间书记老乔就忙说：已经送医院了。

周书记喊一声：保卫科的来了没有？

保卫科长朱志才跑过来：周书记。

周书记看看大张，就对众人说：放开他，看他还想怎样？

大张就冲过来，嘴里骂道：操他娘的，老子今天也不想活了。老乔你过来。说着，手里就举着一根铁棍看老乔。

老乔脸就白了，忙向后退着，嘴里却硬硬地说：大张，您别乱来啊。

周书记看了老乔一眼，说：你怎么这样窝囊啊。就对大张说：你把手里那玩意儿放下，你吓谁啊！

大张一愣：我吓谁，我今天就是不服这个劲儿，一个月下来，累得臭死，还要扣老子的工资，我就是要跟你们这帮当官的拼了！

周书记大怒：朱志才，把他弄到派出所去。

朱志才一招手，两个保卫科的就冲过去，把大张扭住了。

大张跳脚骂：姓周的，我日你祖宗！就被朱志才几个人弄走了。

　　周书记怒道：你到派出所去日吧。就转身对工人们说：都去干活吧。

　　工人们就散了。老乔在一边挺尴尬，笑道：周书记，你要是不来，还真是镇不住这小子了。

　　周书记没说话，走了几步，又回过身来，对老乔说：你们也注意点儿工作方法，别动不动就扣工资。工人们都穷兮兮的，一提钱，就格外敏感。

　　老乔皱眉道：老吕这个人太直，大家跟他闹不来。

　　周书记看了老乔一眼：你是支部书记，你们车间几个头头都尿不到一个壶里，责任你最大了。你也是老同志了，老吕身上是有些毛病，我看你毛病也不少。下班你找我，咱们好好谈谈。

　　老乔脸就有些红：周书记，我……

　　周书记看了看车间，就说：你先安排大家干活吧。就走了出来。

　　卫生所里，老吕躺在床上，脸色白白的。胡所长正在给老吕包扎呢。老吕额头上缠了一大圈纱布，仍有血洇出来。老吕的儿子正在骂着。周书记走进来，胡所长就笑道：周书记，真是好险的，要是再偏一点，老吕真是报废了。

　　老吕看到周书记，就想坐起来：周书记……

　　周书记忙按住他：躺着别动。伤得怎么样？

　　老吕的儿子就朝周书记嚷道：周书记，您要管不了，我就去找那王八蛋，非弄残了那小子不行。

老吕就骂：干什么？ 还嫌不热闹？ 真是操蛋了啊。 都走，别让我烦。

老吕的儿子不敢吭气了。 看了周书记一眼，就悄没言声地出去了。

周书记在老吕床边坐下：伤得怎么样？

老吕强笑道：没什么，就头有点儿晕。

周书记说：不行就去住几天医院吧。

老吕说：算了，现在厂里都这种球样了，哪来的钱啊。

周书记说：我把大张那个王八蛋送到派出所了。 这回非得好好治治他不可。

老吕苦笑道：算了球的吧。 关他几天顶屁用。 他跟魏东久好得穿一条裤子，魏东久过两天就得把他保回来。 派出所那几个人都让魏东久喂熟了球的。

周书记怒道：我开除了他。 让他闹腾！

老吕摆摆手：你能把他弄到哪儿去？ 他懒得脖子上套饼吃。 他父亲死得早，家里还有一个病妈呢。 弄得工作没了，他妈就得急死。

周书记呆了一刻：我把老乔给你调开吧，我看你们俩也尿不到一个壶里去。 车间里的事最近不少啊。 你看谁合适，我给你配一个帮手来，至少能帮你做点儿思想工作啊。

老吕想了想说：你能把他调哪儿去？ 算了吧，他就是想把我挤走，他来干，这不正好，我休息些日子，让他尝尝滋味吧。

　　周书记想想说：你安心休息吧，你好了之后，我跟刘厂长商量商量，你们那个车间的班子是得调整调整了。

　　订货会今天散了，代表们也没有到厂里来看看，那天的卫生就白打扫了。刘厂长叫上周书记赵副厂长林副厂长田副书记一块儿到了车站，送神似的把这些人送上了火车，并做出依依不舍的样子。大高端着照相机乱照着，嘴里还一个劲说着：我随后就给大家寄去。东北的陈主任大包小包带了不少，都是刘厂长以个人名义送给他的土特产。陈主任很满意，拍着刘厂长的肩膀说：刘厂长，你够哥们儿，下次到东北，我一定给你弄几棵真正的东北野参，吃了那东西，夜里干活，浑身是劲儿啊。刘厂长哈哈笑道：我可比不上你，我是心有余力不足啊。

　　送走了这一帮人，刘厂长说要跟大家通报一下会议情况，几个厂领导就跟刘厂长回到宾馆。到了刘厂长包的房间，刘厂长突然想起今天没见小李，就问魏东久小李干什么去了。

　　魏东久说，小李陪着廖主任昨天晚上先走的，小李说是跟着廖主任去办点事，两人悄悄走的。刘厂长觉得不对劲，就问魏东久：姓廖的今年订了咱们多少？

　　魏东久凄然一笑：厂长您放心吧，她今年少不了的。

　　刘厂长问：小李陪她干什么去了？

　　魏东久笑笑，没说。就对几个厂领导说：晚上还有一餐，都订好了，宾馆不给退。 客户们都走了，几位领导一块儿吃一顿吧，也顺便对我们销售科组织的这次会议提点儿意见。 就笑眯眯地看着周书记和另外几个厂领导。

刘厂长也笑道：全他妈的走了，咱们吃一顿吧。 让魏科长在桌上给你们几个通报一下会议情况。

谁知道田副书记却是不大热衷的样子。 田副书记笑道：现在厂子都穷成这样了，咱们还乱吃乱喝的，不是挣骂嘛。

周书记笑道：反正不吃也都是浪费了。 还是吃一回吧，我也真是馋了。

赵副厂长嘲笑道：算了吧，人家都大吃大喝完了，现在让咱们去收拾饭底子，我还没有那么馋。

林副厂长也说：要是让职工们知道了，还以为我们几个搞腐败呢。

周书记一下子火了：爱吃不吃，哪那么多烂话啊。 老刘，咱们走。 就摔门出来了。

三个人怔了怔，忙跟出来了。 赵副厂长笑道：周书记，我是开玩笑呢，你这狗脾气啊。

田副书记笑道：可不是嘛，周书记就是不识逗。 魏科长，有什么好酒啊，给咱们拿出来，今天没外人了，咱们几个好好喝一场。

魏东久忙笑道：田书记，我可不是您的对手。

林副厂长也笑道：刘厂长，今天咱俩弄几下子。

刘厂长苦笑道：你们喝，你们喝，我这几天真是喝坏了，见着酒就想去厕所。

说着话，就到了餐厅。魏东久就抢在前边，引众人在一张桌子旁坐下，然后招手让服务小姐端菜上来。菜就前呼后拥地上了桌。魏东久就起身给几个人倒酒。赵副厂长笑道：这几天把你累坏了吧。你歇歇吧，今天我给你倒酒。

魏东久笑道：不敢不敢。有您这句话就够了。

周书记说：没外人了，今天谁也别灌谁了，谁能喝就喝。自己就喝开了。

田副书记就笑：还是周书记当过兵的人干脆。也埋头吃喝起来。

魏东久就讲这几天的会议情况，讲订了多少合同。几个人都有一句没一句地听着吃着。林副厂长第一个放了筷子，起身笑道：我家里有点儿事，先走一步了，你们慢慢吃。刘厂长刚刚要留他，田副书记也抹抹嘴站起来笑道：我还得上我儿子的老师家里去一趟，我那不争气的儿子啊。两人就走了。

魏东久笑道：几位领导别走啊。我这儿刚刚吃开了头啊。

赵副厂长笑道：魏科长，别理他们，咱们喝。来，周书记，咱们俩敬魏科长一杯，这些天真是把魏科长累坏了啊。

几个人闷闷地喝了一会儿，周书记草草吃了点儿饭，就站起身：我得走了，这天怕是要下雪了。赵副厂长也放下筷子说：我也得回去了。

刘厂长说：周书记，你等我一下，我跟你去看看老梁。我还没顾上去看他呢。

赵副厂长笑笑：那我先走了。 就起身出去了。

周书记看看刘厂长：我到前厅等你。 你慢慢吃。

魏东久笑道：周书记，我还想跟你喝几杯呢。

周书记笑道：你自己慢慢喝吧。 就出去了。

刘厂长又吃了两口，就对魏东久说：我跟周书记去看看老梁。 就站起身。

魏东久笑道：厂长，您再坐会儿，我跟您还有话说呢。

刘厂长哈哈笑了：什么话，非今天说不行吗？ 就坐下了。

魏东久呆了一下，就猛地干了一杯酒，红着眼睛对刘厂长说：我今天跟您说几句心里话。 我知道您看不上我，厂里好多人都骂我，说我是只狗，过去拍郑厂长，现在又拍您。其实，我心里蹿火谁知道啊？ 我过去跟老郑不错是真的，可是那家伙也太黑了，您知道我给他塞了多少钱吗？ 算了，不说这个了。 他下了台，还想拿我当孙子啊。 我不跟他翻脸跟谁翻脸啊。

刘厂长想说点儿什么，魏东久摆摆手：您让我把话说完。 说着，又抓起酒瓶子，满了一杯，仰头灌了下去。

刘厂长忙说：少喝点，少喝点。

魏东久说：不错，我魏东久这些年是挣了些钱，可是我是凭本事挣的啊。 咱们厂换了几届供销科长了，他们谁比我干得好？ 您也别说我用了什么不正当手段，反正我把东西给卖出去了。 可我魏东久不是不要脸的人啊，我给厂里出了这么大力，还是有人在背后点我的后脑壳啊，恨不得上街让汽车撞死我才好呢。

刘厂长忙笑笑：言重了，言重了。 老魏，别这样嘛。

魏东久苦笑笑：其实厂长您也是拿我当只狗，我心眼儿不比别人少，看得出来。

刘厂长一时没话，就笑呵呵地看着魏东久。

魏东久说：您的心思就是好赖把生产弄上去了，您就走人了。 现在怕是市委连您的地方都安排好了吧？

刘厂长忙摆手笑道：您说的这都是什么啊？ 别瞎说，别瞎说。

魏东久也笑：其实事情明摆着的，谁的眼睛也不瞎，谁都看得透透的，您是在利用我，我也知道。 可我就得让您利用，我除了让人利用，我还能干什么呢？ 我现在如果不是每年给厂里订些合同，厂里早就把我看成臭大粪了。

魏东久说到这里，就猛地趴在桌上哭起来。

刘厂长呆呆地叹口气，心想魏东久活得也挺累的。

魏东久抬起头，抹了一把眼泪：您知道今年小李给咱们厂拉了多少合同吗？

刘厂长笑道：她还没跟我讲呢。

魏东久红着眼睛看着刘厂长：小李这次给咱厂拉了一千万的合同啊。

刘厂长差点儿从椅子上跳起来：真的？ 你可别晕着我瞎高兴啊。

魏东久苦笑道：我晕您干什么？ 昨天晚上小李就跟廖主任签字了。

刘厂长一阵心跳：廖主任不是跟上海订了合同吗？ 跟上海吹了？

魏东久道：不是吹了，是生生让小李给夺了。

刘厂长不禁称赞道：想不到小李还真是块搞外交的材料啊。 厂里一定给她记一功的。

魏东久脸上露出凄然的表情：您可知道小李的合同是怎么来的吗？

刘厂长想了想笑道：廖主任要多少回扣？

人家一点儿回扣也不要。 魏东久苦笑。

那她要什么？ 刘厂长纳闷道。

魏东久站起身，看着窗外。 窗外刮着尖厉的寒风，天阴得重了，要下雪的样子。

刘厂长着急地问：廖主任要什么啊？

魏东久回过头来，一字一字地说：廖主任要小李嫁给她家的那个傻儿子。

刘厂长像挨了一棍子，呆住了。 廖主任有一个傻儿子，今年二十多岁了。 谁家的姑娘肯嫁给他啊。 前年开订货会，廖主任喝醉了，提起了她那傻儿子，就哭起来，说这辈子只要能给她那个傻儿子找个对象就死也闭上眼了。

魏东久声音就有些颤：一千万的合同啊，是小李拿自己换来的啊。

刘厂长颤颤地点着一支烟，狠狠地吸了一口：小李答应了？

魏东久点点头，泪流满面了。

刘厂长仰靠在沙发上，闭上眼睛，泪就缓缓地淌下来。

窗外风声更烈了。刘厂长缓缓地给自己倒了一杯酒，手颤颤的。

魏东久站起身：我去结账了。就摇摇晃晃地往门外走，走到门口，转身对刘厂长说：厂长，我真是不想干了，没劲。

刘厂长猛地灌了一杯酒：谁他妈的有劲，你说！一扬手，就把手里的酒杯摔在了地上。餐厅里的服务员惊慌地跑过来。

魏东久酒有点儿醒了，拍拍脑袋，对服务员笑道：没事没事。

刘厂长看看魏东久，声音软下来：你回去给厂党委写个述职报告，还有小李的。一两天交给我。

魏东久似懂非懂地点点头，晃晃地走了。

刘厂长呆了一会儿，也出来了。

周书记正在前厅的沙发上等着他呢。见了刘厂长就笑道：那个王八蛋又跟你说什么屁话呢。这老半天的。

刘厂长叹了口气，就坐在周书记旁边，闷闷地抽烟。

周书记笑道：你也喝多了？

刘厂长苦笑着摇摇头，就对周书记说了小李的事。周书记听得呆呆的，听完了，好一阵无语。

刘厂长叹道：小李真是的啊。我以前对她有不少看法呢。

周书记喃喃：她真给厂里立了大功了。咱们一直对她有看法，真是对不起她啊。

两个人又闷了下来。

刘厂长看一眼周书记：我还有个想法，想把魏东久提上来，当副厂长。你看……

周书记一怔，没说话，过了好一刻，才呆呆地说：党委会上研究一下吧，这种时代，真是适合他这样的人物。

刘厂长叹口气：其实我很讨厌这个人的。

周书记苦笑道：我比你更讨厌他，可是厂里眼下就离不开他这样的人啊。

刘厂长皱眉道：还是那句话，我们就拿他当条狗使唤吧。

周书记想说就怕这条狗上来咬你啊。可话到嗓子眼儿，他又把它咽了回去。

周书记问：听说你老婆跟你打架？怎么了？

刘厂长长叹一声：气死我了，一两句话跟你也说不清楚，现在顾不上，等下来有空我再跟你细说吧。咱们到医院去看看老梁吧。

两个人站起身，走到门外，天已经下开了雪，汹汹地下得正紧。 刘厂长招招手，司机就把车开过来了。

到了医院，老梁正在昏昏地睡着。 老梁的爱人坐在旁边擦眼泪。 见刘厂长和周书记进来了，就忙站起来。 这时老梁正好醒了。

刘厂长就问：老梁，好点儿了吗?

老梁看了一眼刘厂长和周书记，就叹口气：厂长，那天我真是没给您长脸，我真是不能喝啊。 要是放在过去，我也不会那样孬的。

刘厂长心里就有些酸，忙笑道：老梁，都过去了，别记着了。 那天我也喝多了。

周书记想了想说：老梁，有什么事就让你家属喊我们一声。 这几天厂里的事情太多，我们也顾不上天天来看你的。

老梁忙说：没事的，这我就很不好意思了，我知道厂里现在钱紧张得很，我又病了，这一下又要花很多钱啊。

刘厂长不觉抬高了声音说：老梁，你别说这没劲的话，职工有了病，厂里只要是有钱，就不能让你躺在医院外面的! 话讲得挺动感情，刘厂长的眼圈先自红了。

老梁爱人一旁忙说：真是谢谢领导了。

周书记摆手道：这话见外了，见外了。 社会主义还是有优越性的嘛。 说着就苦苦地笑了。

从病房出来，刘厂长一脸苍白：老周，这事真还怪我了，我真不知道老梁不能喝酒，那天在宾馆我还训他呢。

周书记叹口气：算球的了。 处在你这个位置上，是不好办。 要我我也得训他。

雪悄悄地停了。 刘厂长看看周书记，两人一时都没话可说了，就呆呆地看天。

满天银白，清醒如初。

（原载《中国作家》1995 年第 3 期）

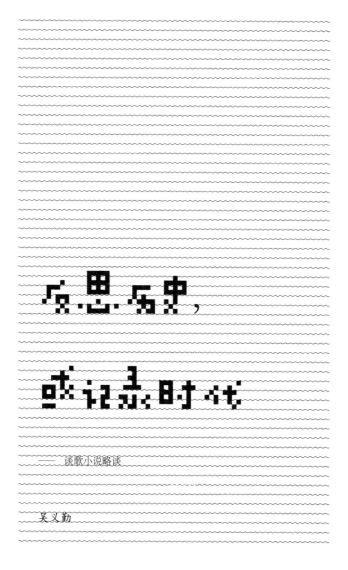

反思、乐史，
或记录时代

—— 谈歌小说略谈

吴义勤

谈歌是新时期走上文坛的作家，但真正引发读者广泛关注并奠定其文学地位，则是在 20 世纪 90 年代中期。 彼时，伴随 "现实主义冲击波" 思潮的兴起，以 "河北三驾马车"（谈歌、何申、关仁山）为代表的一批从事现实主义小说写作的作家，以其切近生活、聚焦当下，以及对现实主义精神及其艺术表现方法的继承与创新，而成为该时期最引人注目的文学创作现象。 在此期间，谈歌因创作《大厂》《年底》《天下荒年》《车间》《雪崩》等力作而蜚声文坛。 1996 年甚至被称为 "谈歌年"。 谈歌调动他当年在工厂当工人、车间主任，在报社当记者，以及在机关担任各级干部时的生活阅历及人生经验，在 1995 年前后两年间集中创作了大量描写国有企业发展阵痛、展现工人生存困境的中篇小说。

《大厂》所表达的主题最引人关注。 这部中篇之所以在当时引起轰动——其出场方式和影响力与《乔厂长上任记》类似，根因还在于很精当且以小说方式对国有企业转制以及在转制前夕所出现的一系列症候作了充分揭示和描写。《大厂》通过对几类人物形象的塑造及其生活遭际的书写，对转型期内国有企业所遭遇的现实问题及在此境遇中各类人的生活遭际作了集中揭示。 在小说中，无论为"大厂"做出重大贡献的老工人章荣，还是临危受命的厂长吕建国，都无力扭转"大厂"走向衰微直至破产的命运。 但这不是小说所要侧重实践的主题向度，其重心在于呈现各类人的精神风貌，特别是他们在经济发展和道德观念之间的冲突景观。 无论是对工人们动辄骂人喝酒打架等既达观豪爽又深陷迷途境遇的展现，还是对吕建国明知不可扭转工厂衰微命运，但又不得不付出所有的担当精神的表现，以及对章荣等"大厂"功臣们无私奉献精神的点染，都给人留下了极为深刻的印象。

《年底》描写一个工厂在"年底"时所遇到的一系列困境。 一边是厂里一贫如洗，甚至连给职工看病、报销医药费用都难以维持，由此而造成的矛盾纠纷接连不断发生：工人因领不到工资而到市委上访，退休职工因被克扣取暖费而到厂里来理论，工人因工作问题而内讧不断……刘厂长和周书记为此绞尽脑汁，疲于应付。 另一边是事关全厂工人饭碗的年底订货会正如期进行，为此，从厂长到销售科主管都丝毫不敢马虎，动用一切可用的力量全面公关——以陪吃陪喝甚至色情方式——以求换得来年的订单。 总之，作者巧妙地截取"年底"这一时间段，集中展现了一个工厂从内部到外部所遭遇到的诸多现实问题，从而为那个时代国有企业在市场经济大潮中的艰难处境作了集中描写。

谈歌也创作了不少带有反思性质的历史题材小说。这类作品大都以宏大历史事件或运动为背景（比如20世纪的"大饥荒"事件、"文革"），侧重展现在此背景下人或荒诞或沉重的非常态命运遭际，从而引发人们对特定历史境遇的深刻反思。《天下荒年》即是其中代表。小说叙述了饥荒时期不同人因被历史裹挟或命运无常所造成的种种悲剧故事，每一则故事都让人深思："父亲"与自己的上司同争一个女人，自是为情而动亦因之而亡的传奇；大伯被领袖赞称为"泥腿子县太爷"，自是特定时期的模范榜样，但在其治下的区域内饿死人数竟占全区首位；曹双乱搞男女关系，虽昔日革命有功，但此时之罪终不被新政权所赦；杜二娘宁可孩子被活活饿死，也绝不能偷吃作为集体粮食的红薯；村支书志河带领饥民抢夺公社粮仓里的玉米，事后自愿承担一切后果直至被正法；袁娘为修水库而活活累死在工地上……这一幕幕故事以及悲剧人物，一经叙述者娓娓道来，一种历史的荒诞、沉重和生命的无常、苍凉，便会扑面而来。这当然是这部中篇首先要着重表达的主题向度，但小说还在今昔对比、时代互证意义上试图开掘出超越历史悲剧的当代意义，即在那个物质极度贫乏的年代，那种纯粹而崇高的精神品质是如何生成并被保持的？它对纸醉金迷、物欲横流的当下有何镜鉴意义或重建价值呢？

谈歌的中篇小说在艺术探索与实践方面也引人注目。首先，他的中篇小说涉及历史、现实、传统文化等众多题材领域。 其中，那些紧贴当下鲜活现实、聚焦国企发展困境、描写各类人精神风貌的小说已被读者所熟知。 作为"现实主义冲击波"思潮的重要一员，他为继承和发展中国小说的现实主义传统，推动中国现实主义题材小说创作，做出了重要贡献。 事实上，就艺术实践而言，坚守现实主义立场，弘扬现实主义精神，并在人文主义和科学理性之间寻求创作理念上的突破，一直是作者一以贯之的追求。 其次，他的小说对中国小说艺术传统多有继承，比如善于讲故事，重视情节营构，塑造鲜活人物，实践笔记体或评书体，等等，都使得小说具有极强的可读性。 这也是他的很多小说为什么能够被直接改编成影视剧的重要原因。

图书在版编目（CIP）数据

大厂/谈歌著；吴义勤主编. --郑州：河南文艺出版社，2021.9
（百年中篇小说名家经典 / 何向阳总主编）
ISBN 978-7-5559-1120-3

Ⅰ.①大… Ⅱ.①谈…②吴… Ⅲ.①中篇小说-小说集-中国-
当代 Ⅳ.①I247.5

中国版本图书馆 CIP 数据核字（2021）第 128045 号

丛书策划　陈　杰　杨彦玲

本书策划　李亚楠　　　　　责任校对　丁　香

责任编辑　李亚楠　　　　　责任印制　陈少强

丛书统筹　李亚楠　　　　　书籍设计　书籍/设计/工坊
　　　　　　　　　　　　　　　　　　刘运来工作室

大厂
DA CHANG

出版发行　河南文艺出版社
本社地址　郑州市郑东新区祥盛街 27 号 C 座 5 楼
承印单位　河南瑞之光印刷股份有限公司
经销单位　新华书店
开　　本　787 毫米×1092 毫米　1/32
印　　张　7.375
字　　数　137 000
版　　次　2021 年 9 月第 1 版
印　　次　2021 年 9 月第 1 次印刷
定　　价　35.00 元